後藤愛依梨
GOTO AIRI
吉田の上司で長年の
片想いの相手。

「……ドキドキした？」
沙優
SAYU
東京に戻ってきた
女子大生。
吉田に拾われ、
共に住んでいた。

とても、とても、苦しくて。
やはり、自分は恋をしていたのだと、痛いほど分かった。
失っていいなんて、強がりだ。選んでほしかった。

contents

ひげを剃る。そして女子高生を拾う。
Another side story 後藤愛依梨 下

しめさば

角川スニーカー文庫

23440

口絵・本文イラスト／ぶーた
口絵・本文デザイン／伸童舎

幕間

本当に欲しいものは手に入らない。

ずっとそう思いながら生きてきた。

でも、そうではないのかもしれない。本気で欲しがれば、一度くらいは、願いが叶《かな》うこともあるのかもしれない。

ようやくそう思えるようになったというのに、まだ私の心は揺れている。

彼の心の中には、唯一無二の存在がいる。

それは恋ではないと彼は言う。でも私は、それを愛だと思う。

彼の心の中で愛されるあの子に、私はどうやって勝てばいいというのだろうか。勝ったとして、本当に勝ったと思えるだろうか。そもそも……勝ってもいいのだろうか。

私はいつだって、答えを出せない。

そして、答えを出せぬまま、また……大きな時の流れの中に呑《の》まれてゆく。

*

後藤《ごとう》さんとの関係が少しずつ進展していっているまさにその時、沙優《さゆ》が現れた。以前よりも少しだけ大人びた彼女を見て、嬉《うれ》しさを感じた。

そして、嬉しさと同時に……なんとも言えない安心感を覚えたのだ。

それは長らく会っていない家族と一緒に食卓を囲むときのような……生活の中に欠けてしまったピース——以前は当たり前だったもの——がぴたりとはまるような、そんな感覚。

社会人になってから、〝他人〟にそんな感情を持ったのは初めてだった。

そう……沙優は他人だ。

だというのに、今、俺はそういう割り切りをできずにいる。

家族でもない、恋人でもない。だとしたら……沙優は、俺にとっての何だというのか。

俺は、やっぱり後藤さんのことが好きだ。彼女と結ばれたいと心の底から思っている。

けれど、彼女は……俺の中の〝沙優〟のことを見つめていると思った。そして、それを恐れている。

きっと……俺は、すべてのことに、決着をつけなくてはならない。

5　ひげを剃る。そして女子高生を拾う。Another side story 後藤愛依梨 下

ほかならぬ、自分自身の人生を、切り拓くために。

1話 再会

「ど？　びっくりした？」

ある日の帰り道に、〝あの時〟と同じように電柱の下で沙優《さゆ》と再会した。そして、二人で話しながら帰宅すると……その再会の立役者であった結城《ゆうき》あさみは、渾身《こんしん》のしたり顔で俺を出迎えたのだった。

「そりゃ……驚くに決まってんだろ」

靴を脱ぎながら素直に答えると、たいそう満足した様子であさみは何度も頷《うなず》いた。

「セッティングした甲斐《かい》があったわぁ～。いつも通りの帰り道！　その途中でのドラマチックな再会！　ちょっとキュンと来たんじゃない？」

「どうだろうな」

「照れちゃって、も～」

キュンと来る、というよりはじーんと来た、という方が正しいと思って言葉を濁したつもりだったが、あさみには都合良く受け取られてしまったようだった。

ふと振り返ると、沙優は俺とあさみに交互に視線をやりながら、玄関で立ち尽くしていた。

「……どうした？」

声をかけると、彼女はハッとしたように靴を脱ぎだす。

「あ、いや……なんだろ。吉田《よしだ》さんの家が久しぶり、っていうのと」

沙優は脱いだ靴を綺麗《きれい》に整えてから、再び、俺とあさみに視線をやった。

「なんだか、私がいない間も、ここで二人の時間を積み重ねてたんだな～と思って」

沙優がそう言うと、分かりやすくあさみの顔から血の気がサッと引いた。

「あ、いや！　おかしなことにはなってないから大丈夫よ⁉　ほら、この家はなんというか……うちの避難場所というか？　親が喧嘩《けんか》したときとか、勉強集中したいときとかにちょっと居させてもらってただけだから‼」

驚くべき声量とスピードで弁明するあさみを見て、俺と沙優はほぼ同時に噴き出した。

「大丈夫大丈夫、責めてるわけじゃないし、そもそも私にそんな権利ないから」

沙優はくすくすと笑いながらかぶりを振る。

「ちょっとだけ羨《うらや》ましいな～って思っただけ」

「ごめんってば〜」

あさみは半泣きになりながら沙優に抱き着いた。

仲の良い二人を眺めながら、俺は、少しだけ驚いていた。

俺の覚えている沙優は、「羨ましい」というようなストレートな言葉を自分から使うタイプではなかったように思えたからだ。沙優が東京を離れてからも交友のあったあさみは違和感なく受け入れているようだったが、俺はさっそく面食らってしまう。

そうだ。沙優はもう自分の人生を歩み始めている。俺の知らない沙優の一面など、いくらでもあるのだろう。

驚きの感情が落ち着くと、じわじわと、嬉しさがこみ上げた。

「高校は、どうだった？」

そして、知りたいと思った。

沙優が『やり直した』高校生活が、どうであったのかということを。

「まーまー焦らず焦らず！　時間はたっぷりあるんだから。あ、沙優ちゃんお茶飲む？」

当然のように俺の冷蔵庫を開け、俺の買ったウーロン茶をコップに注ぎ始めるあさみ。

どこかそわそわとした様子でローテーブルの前に座る沙優を横目に見ながら、俺はクローゼットから部屋着を取り出して脱衣所へと向かった。

さっさと落ち着ける服へ着替えて、沙優の話を聞きたいと思った。

「それでそれで？　その子とは進展あったわけ？」

目を輝かせながら、テーブルから身を乗り出す勢いで訊《き》くあさみ。

「んー、どうだろ……あったと言えばあったし、なかったと言えばなかったかな」

沙優は少し困ったように笑いながらそう答えた。それから、ちらりと俺の方を見る。つい、瞬時に目を逸らしてしまった。

高校に戻った沙優がどう過ごしていたか。そういう話から始まったのだが、年頃の女子らしいというか、あさみの興味は割と色恋の話題に寄っているようだった。今は「新学期早々隣の席になった男子とのあれこれ」の話で盛り上がっている。

高校での恋愛模様を聞きたがるあさみに沙優は少しの照れを滲《にじ》ませながら難色を示したけれど、あさみは「だって、沙優ちゃん絶対モテるじゃん!!」と声高に言って押し切った。

それについては、俺も同意である。顔が整っていて、どこか大人びていて、それから、優しい。そしてこれは絶対に口には出さないが、年頃の男子からしたら、沙優のスタイルの良さというのはなかなか暴力的なのではないかと思う。つまるところ、男子目線に立つと、沙優にはモテない要素がない。

「えー、なにその思わせぶりな感じ！　もっと具体的に教えてよ」

あさみは妙にテンションが高い。少しわざとらしく聞こえるのは、気のせいだろうか。

沙優はあさみにせっつかれて話を続ける。ガールズトークで二人が盛り上がっているのを、俺はどこか不思議な気持ちで聞いていた。

もとより、沙優が高校生活に戻れば、当然浮いた話もあるだろうとは思っていた。そうあってほしいし、それらの等身大の恋愛を経て、大人になってほしかった。

けれど、この喉《のど》に刺さる小骨のような〝違和感〟は、つまるところ、一つの疑問に帰結するのだ。

高校生活で恋愛が成就していたのだとすれば、こうして沙優が俺の前にもう一度現れることはなかったんじゃないか？　ということだ。

「なあ、沙優」

黙って話を聞いていた俺だったが、つい、口を開いてしまう。

「どうして……東京に戻ってきたんだ？」

俺が訊くと、しん、と部屋が静まり返った。沙優は息を呑むように俺を見つめ、あさみはじとりとした視線を向けてくる。

「それは……」

沙優はちらちらと視線を揺らしたのちに、言った。

「それはもちろん、東京の大学に入学したからだよ」

沙優の答えに、今度は俺が言葉を詰まらせる番になった。

大学に、入学。

沙優の口から、その言葉が聞けたことに、えも言われぬ高揚感を覚えた。

「そ、そうか……大学か……」

高校からやり直す、ということは当然分かっていたものの、その後彼女がどうするのかということについては明確に考えたことがなかったのだ。高校をリタイアしかけていた彼女が、もう一度やり直して、大学入学まで漕《こ》ぎつけた。彼女は自力で、大人への階段を上り始めているのだ。

「おめでとう」

心からの言葉が漏れた。

「ありがとう」

沙優もどこかこそばゆそうに笑った。

しかし、隣のあさみはどこか納得いっていない様子でため息をついた。

「なんだよ、めでたいことだろうが」

「そうだけど〜！……」

あさみはわざとらしく唇を尖《とが》らせて沙優の方に視線をやった。沙優はその視線に気づきながら、はぐらかすように苦笑する。

どこか含みを感じるものの、今はそれよりも、沙優が無事に大学入学できたということを喜びたかった。

そして……沙優に告白されたという過去の出来事を加味したとしても、自意識過剰になっていた自分を恥じる。

沙優は、自分の人生の選択として、東京に戻ってきたということだ。俺に顔を見せたのは、あくまで、そのついで。

先ほどからずっと抱き続けていたそわそわとした感覚が、急激に引いていくのが分かった。ようやく、安心して彼女の話を聞けると思った。

あさみと二人で、沙優の高校での出来事や、北海道での暮らしぶりを聞きながら、夜が更けていく。あっという間に数時間が経っていたが、二十二時を回っても楽しそうに話を続ける二人を見ながら、改めて、「もう高校生じゃないんだな」という当たり前のことを実感した。

いつまでも話を聞いていたかったが、さすがに今は沙優を家に泊めるわけにもいかない。二十三時を過ぎたところで、解散のはこびとなった。

まずはあさみを送って行こうと思ったが、「子供じゃないんだから、こんくらいの距離平気だよ!!」と言い張って、沙優を送るように厳しく言いつけられてしまった。もちろん最初からあさみを送った後に沙優のことも送るつもりではあったのだが、ここまで強固に断られてしまっては俺もそれ以上の口出しはできなかった。彼女の言うように、もう子供ではないのだ。

駅へと向かう道を、沙優と並んで歩く。

静かな住宅地の中で、二人の足音だけが大きく聞こえていた。

なんだか……。

「なんか、ヘンな感じがするね」

沙優が、くすりと笑ってそう言った。

「吉田さんの家から〝帰る〟っていうのは」

沙優の言葉に、俺も苦笑を浮かべつつ頷く。

「俺も……今、同じことを思ってた」

沙優は今、東京で一人暮らしをしているのだという。俺の住んでいる地域からはそれなりに離れてはいるが、電車で四十分ほどの距離の場所だ。もう二十三時を過ぎているので、家に帰る頃には〇時を回っているだろう。

「帰り道、気を付けろよ」

「もう、いつまでも子供扱いするんだから」

「オトナコドモは関係ないだろ。心配なもんは心配なんだ」

「心配性だねぇ。……でも、ありがと」

少し照れたように笑う沙優。

こういった可愛らしい部分は、あの頃と何一つ変わっていなかった。

他愛《たわい》のない話をしながら歩いていると、あっという間に駅に着く。

「じゃ、吉田さん……またね」

「あ、ああ……また」

沙優は軽く手を振って、振り返ることなく改札を通って行った。

背中が見えなくなるまで見送って、俺も踵《きびす》を返す。

そういえば……沙優を〝見送る〟という経験は、北海道へ帰る時だけだったように思う。

あの時は、もう二度と会うことはないと思っていた。

けれど……。

沙優の「またね」という言葉を心の中で反芻《はんすう》する。

同じ家に住んでいるわけでもなく、同じ会社に勤めているわけでもなく……普通の友人として、「また」会うことができる。

そういう普通の別れの言葉を交わしたことに、俺は自分でも分類のできない、不思議な感情を覚えていた。

2話 違和感

沙優《さゆ》が戻って来たという突然のイベントはあったものの、いつも通りの生活も続く。

沙優の今後についても気になるが、会社へ向かいだすと、やはり俺の脳は今日のタスクの整理を始め、それが済むと……。

後藤《ごとう》さんのことを、考える。

彼女の予想通り、沙優は東京に戻ってきたわけだが……正直なところ、それで後藤さんとの何かが変わってしまうとは俺には思えなかった。

とはいえ、沙優が実際に東京にやってきたことを後藤さんに伏せておくのもどうもすっきりとしないので、早いうちに話しておきたい気持ちだ。

オフィスに入り、いつものように「おはようございます」と挨拶《あいさつ》をする。やや緊張気味に後藤さんのデスクの方にちらりと視線をやると、彼女と目が合った。

……が、すぐに後藤さんの方から目を逸らされてしまった。いつもであれば軽く微笑《ほほえ》んで手を振ったり会釈を返したりしてくれるものだったが、どこかよそよそしい空気が漂っているように思える。

「……？」

まだ〝避けられている〟と言うには早い気もしたが、ちくり、と違和感が胸に刺さるような気がした。

とはいえ、まずは仕事だ。最近は自分のプロジェクトと、三島《みしま》主導のプロジェクトの両方の作業があるため、就業中は効率を考えて作業しないと残業時間が増えてしまう。

気持ちを切り替えるように深く呼吸をしてから、自分のデスクへと向かいＰＣを起動した。ＰＣの起動を待ちつつ、アナログ出力されている——つまり、紙の——資料に目を通すのが始業のルーチンであった。

「おはようございまーす」

数分後にオフィスに入って来た三島。

「あ、三島。ちょっといいか」

「はい？」

「ああ、大丈夫、俺が行くから」

荷物も下ろさぬまま俺のデスクへ来ようとする三島を制止して、俺は資料を手に三島のデスクへと向かう。

「この作業なんだが、予定より一日遅らせてもらえないか……？　悪いんだけど、俺の方のプロジェクトで予定外の戻しがあって、先にそれを片付けないといけなくなった」

「あー……吉田《よしだ》さんのとこのクライアント、結構要求激しいみたいですしね」

三島はうーん、と唸《うな》って、自分のＰＣの電源を入れた。

「ちょっと待っててくださいね、シート開いて確認するんで……」

「ああ、頼む」

てきぱきと荷物を取り出しながらＰＣの起動を待つ三島を見ていると、本当に、配属された時よりもずっと頼り甲斐《がい》のある社員になったなと思う。

むしろ、最初の頃の「いかに手を抜くか」に全力を注いでいた彼女が懐かしいと感じられるほどだ。

ふと、視線を感じる。

顔を上げてそちらを向くと、ちょうどスッとこちらから目を逸らす後藤さんが見えた。

まるでこちらを見てなどいなかったという様子でマウスを動かしながらモニターを見つめる後藤さん。

「あー……元々二、三日のマージンはとって予定組んであったので……っていっても私自身が忘れてたんですけど……大丈夫です！」

「……」

「吉田さん？」

「ん？　ああ……」

「もう、ちゃんと聞いててくださいよ。一日遅らせるの、大丈夫です」

「ああ、すまん。ちょっとぼーっとしてて……。分かった、ありがとう」

俺が慌てて頷《うなず》くのを見て、三島はじとりとこちらを睨《にら》んだ末に、ちらちらと後藤さんの方に視線をやった。

そして、小さな声で俺に耳打ちする。

「なんですか。またなんか拗《こじ》れてるんですか」

「は？　なにがだよ」

「後藤さんとですよ……！　吉田さんが朝から呆《ほう》けてるなんて、あの人絡みに決まってるでしょう」

「いや、別に、何も……」

「ふぅん……」

三島は相変わらず何かを訝《いぶか》しむような視線をこちらに向け、小さく息をついたのちに、唇を尖《とが》らせた。

「まあなんでもいいですけど、仕事には集中してくださいね」

「……三島にそんな注意を受ける日が来るとはなぁ」

「ふふん、〝厳しい先輩〟のおかげで？」

三島はニッと笑ってそう言い、くるりと自分のデスクに向き直った。

ため息一つ、俺もデスクに戻る。

後輩から注意をされてしまうとは情けない。後藤さんのことは気にはなるが……ひとまず、仕事に集中しようと気持ちを切り替えた。

「怒られてやんの」

デスクに戻ると、いつの間にか出勤していた橋本《はしもと》がからかうように言う。

「うるせーよ」

「後藤さんとなんかあったの？」

「……！　どいつもこいつも！」

「しょうがないだろ、二人とも分かりやすいんだから……」

「なんもねーよ。なんもねぇから……」

「から？」

「……さあ、仕事するぞ仕事」

話を打ち切るように俺が言うと、橋本は肩をすくめて、それ以上は何も訊《き》いてこなかった。

そう、特に何も起こっていないはずなのだ。

だというのにこうして突然態度が変わる後藤さんに戸惑っている。

やはり、女性というのは俺には難しすぎる……。

と、また後藤さんのことで思考のリソースが奪われていることに気付いた俺は、自分の頬をパシンと叩《たた》き、ＰＣに向き合う。

隣から橋本の失笑が聞こえた。


結局、昼休みも後藤さんと話すことはかなわなかった。

キリのいいところまで作業を終わらせて顔を上げると、すでに後藤さんはオフィスから姿を消していた。

橋本と一緒に食堂へ行ったものの、そこにも後藤さんの姿はなかった。

〝避けられているのではないか〟という疑念がさらに心の中で大きくなった。

昼休憩を終え、午後も一心不乱に仕事をする。正直、こういうもやもやとした気持ちの時に限っては仕事量は膨大であればあるほどいい。余計なことを考える暇もないからだ。終わらせども終わらせども次が出現するタスクにだるま落としのように対応しているうちに、あっという間に終業時間だった。

橋本が「お先」と俺の肩を叩きオフィスを出ていくのを横目に、俺も、ちょうどキリのいいところだったので業務日報に手をつける。

相変わらず仕事量は多く、残業をすれば多少は翌日以降が楽になるのだが……最近は、〝以前〟とは気持ちを入れ替え、なるべく残業をしないように心がけている。

プロジェクトリーダーが積極的に残業しているようだとメンバーも帰りづらいだろうし、『無理をせずに終わらせられる仕事の量』という基準もどんどんとあやふやになっていってしまうからだ。

数年前の自分からしたら考えられないようなことだが……沙優との生活を通して、俺は「自分の行動が少なからず誰かに影響を及ぼす」ということに意識的になれたような気がする。やる気があるから、仕事の量が死ぬほどあるから……そういう安易な理由で自分の行動を決めるのは簡単だが、そうすることで他に与える影響を考えるくらいのことはできるようにならないといけないと思った。

もはや形骸化《けいがい》している「業務日報を書く」という作業だが、自分のタスク進捗《しんちょく》を記録するという意味でも、省く部分は省きつつそれなりに正確に記入をすると十分ほどはかかってしまう。

いつもであれば仕事への集中で凝った身体《からだ》の力を抜くようにのんびりと日報を書くのだが、今日ばかりは急いでいた。

理由は単純で……のんびりこの作業をしている間に後藤さんが帰ってしまうおそれがあるからだ。

大急ぎで――とはいえ手は抜かず――日報を書きあげて顔を上げると、幸い後藤さんはまだデスクにいた。それどころか、顔を上げた俺と彼女の視線がぱちりと合う。

また目を逸らされるかと思ったが、後藤さんは今度は薄く微笑み、立ち上がる。そして、こちらにすたすたと歩いてきた。

「吉田君、お疲れ様」

「あ、お疲れ様です……」

「この後時間ある？」

午前の態度とは打って変わって、後藤さんはいつも通りの様子で俺に話しかけてきた。

「ああ……はい、もちろん。空いてます」

「そ？　良かった。もう上がれる？」

「ええ、ちょうど今、日報書き終わったとこです」

「分かった。じゃあ準備して出ましょう」

そう言ってすぐに自分のデスクへと戻って行く後藤さん。

俺は彼女の態度の変化についていけず、しばらくテキパキと帰りの支度を始める様子を眺めていた。

互いに退社の準備を終え、オフィスを出る。

「いつもなら一緒にご飯でも……って言うところだけど」

「違うんですか！」

「ええ、今日は！……ちょっと、デートしましょう」

「で、デートですか……？」

「そ。デート」

エレベーターを待つ間に後藤さんはそう言って〝いつものように〟微笑《ほほえ》んだ。

俺は横目でその表情を見ながら、後藤さんに対してなんともいえない違和感を募らせている。朝は様子がおかしかったというのに、今は逆に不気味なほどにいつも通りなのだ。

そこになんだか意図的なものを感じてしまって、俺はかえって落ち着かなかった。

3話

異動

「愛依梨《あいり》、悪いんだけど……二週間後から仙台《せんだい》支部に移ってもらえないかな」

社長であり大学時代からの友人でもある祠堂司《しどうつかさ》から始業前に呼び出された私。そのように呼び出されるのは珍しいことでもなかったので、特段の心構えもせずに社長室に向かった私だったが、彼のそんな言葉に、すぐには声が出なかった。

「…………えっ、仙台……？」

ようやく出た言葉がそれであった。私は今、とてつもなく混乱している。

「ああ……一応言うけれど、左遷とかではないからね。仙台支部で新規プロジェクトの立ち上げがあるんだけど、その監督をしてほしいんだ」

司がいつものような穏やかな口調で説明をしているけれど、私の脳はその言葉の意味を捉えながらも、うまく咀嚼《そしゃく》できていない。

異動？　どうして私が？　こんなタイミングで？

司が言うからには私でなくてはならない理由がきっとあるのだろうと想像ができるけれど、それでもすぐに呑み込めるわけがなかった。

「プロジェクトが上手く動き出して、次のリーダーの育成ができたら戻ってきてほしい」

「……どうして私なのかしら」

「他に、手の空いている幹部がいないんだよ」

「わ、私だって今監督中のプロジェクト、いくつもあるんだけど……？」

食い下がるように私が言うのに、司は曖昧《あいまい》な表情で頷く。

「分かってる。でも、それは上手く東京本社に残る幹部で巻き取るよ」

用意されていたような答えに、私は言葉を詰まらせることしかできない。

私は……司から頼まれた仕事については基本的にイエスと言い続けてきた。仕事が第一と決めて、それに専念することで自分の私生活を顧みることをしなかった。

そんな私が、この頼みに対して、「いま吉田《よしだ》君から離れたくない」という理由のみで断ることなどできるはずがない。

「…………分かったわ。二週間後ね」

「本当に申し訳ない」

司は神妙に頭を下げてから、表情を緩ませる。

「でも、受けてくれて安心した」

きっと労いの意味も込めた言葉だったのだろうが、私はどう返したらいいか分からず、愛想笑いとともに会釈をして社長室を出た。

扉を閉めるのと同時に、ぎゅっと胸が締め付けられるような感覚があった。

……どうして、私の人生はいつもこうなのだろうか。

吉田君との恋に全力を注ぐ、と決めたタイミングで——ここまで遅くなってしまったのは自分のせいにほかならないのだけれど——沙優《さゆ》ちゃんが東京に戻って来て、それだけでも考えることが多かったというのに……それに追い打ちをかけるように、こうして断る余地もない異動の話が舞い込んできた。

東京に吉田君と沙優ちゃんを残して、私だけどこかに行くというのは、あまりにもひどいじゃないか。

やはり私の恋は結実しないようになっているのではないか。自分はそういう星のもとに生まれたのではないか。

そんなところまで思考が至ったところで、私は一人で首をぶんぶんと横に振った。

……まずは、こういう考え方をやめるところから始めるべきだ。

起こってしまったものはもう仕方がない。

ここでいつものように被害者面で引き下がってしまったら、待つと言ってくれた吉田君にも、自分自身の決心にも背を向けることになる。

頑張れ、後藤《ごとう》愛依梨。

そうやって自分を鼓舞してみるものの……やはり、どうしていいかは分からない。

頑張ると言っても、何を、どうやって？

私がいなくなる間、東京には沙優ちゃんがいるというのに……。

私は、あの晴れた休日、沙優ちゃんが私のもとを訪ねてきたときのことを思い出す。


「お元気でしたか？」

マンション前に立っていた沙優ちゃんと一緒に、散歩をした。

「ええ。特に変わりはなく」

私がそう答えると、沙優ちゃんは無垢《むく》な笑顔で「よかった」と言った。

白い薄手のワンピースに、ブラウンのカーディガンを羽織る沙優ちゃん。等身大の可愛らしい服装にもかかわらず、元から持っていた大人びた雰囲気が際立って見える。

メイクもナチュラルな仕上がりながら、以前会った時よりもかなり〝こなれた〟感じがあって、よく馴染《なじ》んでいる。

　元々可愛かったのに……さらに垢抜《あかぬ》けちゃって。私は思わず口元を綻《ほころ》ばせてしまった。あまりに隙のない女の子だと思った。

「沙優ちゃんは？　高校生活、どうだった？」

　私が訊《き》くのに、沙優ちゃんは苦笑しながらもはっきりと答える。

「あはは……まあ、いろいろありましたけど、なんとか。やってみればなんとかなるものですね」

　そんなふうに言う彼女の横顔は、その苦笑とは相反して凛《りん》として私の目に映った。きっと、この子の成長はまだまだ止まらないのだな、と思う。

「一度は逃げ出した高校生活でしたけど……一度とことんまで逃げちゃったから、もう逃げ出す気にはなりませんでした」

「そう……強くなったのね」

「いえ、そういうわけじゃなくて……」

　本心から出た相槌《あいづち》だったけれど、沙優ちゃんはかぶりを振った。一呼吸置いて、彼女は言う。

「自分の弱さを知ったから、少しだけ楽になれただけだと思います」

その言葉に、私は吸った息をすぐに吐き出すことができなかった。それから、息を吐くのと同時に、自嘲《じちょう》的な笑みがこぼれる。

「……あなたはきっと、もう私よりもずっと大人だわ」

「えっ？　いや、そんなことは、全然！」

「ふふ、随分高く見積もられてるのね、私」

沙優ちゃんが謙遜《けんそん》の意味で慌てているわけじゃないことは私にも分かる。本心で私の方が大人だと思っているのだとしたら、それは買いかぶりというものだ。

「せっかくだし、喫茶店でも入る？」

私が訊くと、沙優ちゃんは上目遣い気味にこちらを見た。

「いやでも……急に押しかけちゃって、予定あったんじゃないですか……？」

「ううん、一人で買い物に行こうと思ってただけだから。それよりも、私が今沙優ちゃんと話したいのよ。ダメかしら」

「そういうことでしたら、是非……！」

こくこくと首を縦に振る沙優ちゃんが可愛らしくて、思わず頬が緩む。

恋のライバルだ、という認識はあるというのにどうにも気を許してしまうのは、やはり彼女の天性の人当たりの良さによるものなのだと思う。

少し歩くと、休日にたまに一人でフラッと入ることのある喫茶店にたどり着いた。老年の男性が一人で道楽でやっているという空気が満ち満ちているお店なので、休日でもさほど混んではいないはず、と踏んでやってきたけれど、その予想は当たっていた。

テーブルは一つしか埋まっておらず、落ち着いて話せそうだ。

「注文は」

チェーン店のような愛想の良い接客ではないものの、どこかあたたかみのある声で、しゃんと背筋の伸びたおじいさんが注文を確認しにくる。

私はカフェラテを、沙優ちゃんはアイスコーヒーを頼んだ。

カウンターに引っ込んでいく店主の背中を横目に見てから、私は口を開く。

「飲むものも大人になったのね」

からかうように私が言うのに、沙優ちゃんは照れたように笑いながら「ええ、まあ……」と曖昧な返事をした。

「高校で、友達はできた？」

「ええ。そんなに多くはなかったですけど……！」

「一人でもいれば十分だと思う」

「……そうですね、私もそう思います」

「大学には入ったの？」

「はい、なんとか！」

「良かった。頑張ったのね。二年分の勉強したわけでしょ？」

「まあそこは……自業自得なので」

あくまで謙虚に近況を話す沙優ちゃん。一年留年したところから復帰して、大学入学まで漕《こ》ぎつけたのだから、少しくらいは達成感に浸ってもいいくらいだと思うのだけれど。

高校の頃の話を聞いていると、すぐに飲み物が運ばれてきた。

沙優ちゃんはストローをグラスに差し込み、アイスコーヒーをちゅうと飲んだ。一瞬眉《まゆ》がぴくりと動いたのを私は見ないふりをする。口角が上がりかけるのもなんとかこらえた。

私はあたたかいカフェオレを一口飲んだのちに、角砂糖を――これ見よがしに――入れて見せる。ちらりと沙優ちゃんを見やると、彼女は私がカップの中身をかき混ぜているのをじっと見つめていた。そして、私の視線に気づいた沙優ちゃんは小動物のようにきょろきょろと所在なく視線を動かしたのちに、もう一口アイスコーヒーを飲む。今度は気張っていたのか表情の変化は特に見て取れなかった。

沙優ちゃんの観察を楽しんでいると、彼女の表情が少しだけ変わったのが分かる。私も静かに、心構えをした。

「後藤さん」

「なぁに？」

「……その後、吉田さんとはどうですか」

予想していた質問に、私は内心「来たか」と思いながら目を細める。

私はゆっくりと息を吸ってから、答える。

「気持ちを伝えたわ」

事実だ。想いは伝えた。けれど、それだけとも言える。

私の答えを聞いて、沙優ちゃんの表情がスッと暗くなるのが分かった。きっと、実際に起こっていることよりもずっと先のことまで考えているのだろう。それはそうだ。私が沙優ちゃんの立場であったなら、同じように考えるだろう。

「そうですか……じゃあ」

沙優ちゃんはそこで言葉を区切ったけれど、その続きは想像に易い。私は彼女が改めて口を開くよりも先にかぶりを振ってみせた。

「まだお付き合いはしていないの」

「へっ？」

虚を衝《つ》かれたように沙優ちゃんは顔を上げる。その表情は純粋に「驚いた」という感情だけが前面に出ていて、微塵《みじん》も喜んでいる様子がない。そうだ、そういう子だった、と、思い出す。

私はカフェオレを意味もなくスプーンでかき混ぜながら言う。

「あなたが戻ってくることは……分かっていたから」

私がそう言うのに、沙優ちゃんは一瞬困惑したような表情をしたけれど、すぐ何かに気が付いたようにハッと息を呑《の》む。

「それは……」

それから、彼女は唇をキュッと閉じたり、開いたりを繰り返した。

ようやく言葉を選び終えたように、沙優ちゃんは言う。

「私に遠慮した、ってことですか……？」

やはり、彼女は深刻な表情だった。むしろ、〝怒っている〟ようにも見える。つくづく、大人な子だなと思う。普通、自分の意中の相手が他の女と付き合っていないことが分かったら、ほっとしたり嬉《うれ》しがったり、そういう感情が先に来るものじゃないのだろうか。

「遠慮なんかじゃないわ」

私ははっきりと否定する。そうしなければ、私も、彼女も先に進めないと分かっていたから。

「ちょっと長くなるけど、聞いてくれる？　あなたが北海道に帰った後のこと」

私がそう言うと、一呼吸、逡巡《しゅんじゅん》の間を空けたものの、すぐに真剣な表情で頷《うなず》いてくれる。

私は、ゆっくりと沙優ちゃんが東京を去った後の自分と吉田君の話をした。

吉田君との距離が少しずつ近づいたこと。神田《かんだ》さんや三島《みしま》さんの後押しもあり、吉田君との旅行にこぎつけたこと。そこで彼の期待を裏切ってしまったこと。

もう一度、彼に想いを伝える前に……彼の中の〝沙優ちゃん〟という存在を見つめ直してほしいとお願いしたこと。

すべて、順を追って話した。

沙優ちゃんは、私が話し終えるまで一言も口を挟まずに、真剣に聞いていた。

「私は……すべての選択肢の中から、私を選んでほしいだけ」

私がそう締めるのを聞いて、沙優ちゃんはゆっくりと息を吐いた。

そして、言葉を選ぶように視線をちらちらと動かしたのちに、おもむろに口を開く。

「後藤さんは……吉田さんが、私のことを恋愛的に見る可能性がある、と、考えているわけですか？」

その言葉に、そして、まっすぐこちらを見つめてくるその瞳《ひとみ》に、何故か背中にイヤな汗をかくのを感じた。

「ええ……どうあっても、吉田君にとってあなたは〝特別な存在〟であるのは間違いないと思う。そして、あなたが前よりも大人になった今、それが恋に変わってもおかしくないと、そう思ってる」

私が焦りを隠すようにそう言うのを聞いて、沙優ちゃんは「そうですか」と小さい声で言った。そして、どこかフラットな声で言う。

「私からすれば……そんなことはあり得ないと思うんです」

「えっ？」

思わぬ言葉に、私は素《す》っ頓狂《とんきょう》な声を上げてしまう。

「吉田さんは……後藤さんのことしか見てませんよ。分かります、半年以上、一緒にいたから」

「そんなこと……」

そんなことない、と言おうとしたのに、沙優ちゃんと目が合うと言葉に詰まってしまう。

彼女は気休めでそう言っているわけではないのだと分かる。

「確かに、吉田さんは私のことを大切にしてくれました。そういうところが好きでした。でも……その〝大切にしてくれる〟というのは、恋人にするそれとは違ったと思います」

「それは、あの頃の話で」

「そうです、あの頃の話。でも、私はまた吉田さんの生活から消えて、その間、後藤さんは一緒にいたんですよね」

胃の辺りがひやり、と冷えるような感覚。

彼女にそんなつもりはないかもしれないけれど、「一年以上、何をしていたんだ」と叱責されたような気持ちになった。そして、年下の女の子にそんな気持ちにさせられている時点で、私はやはり精神的に幼いのだと悟る。

「後藤さん……あなたは、とっても優しい」

「……え？」

「後藤さんはそういうつもりじゃないかもしれない。さっき私に話してくれたように、私と吉田さんの関係性への恐怖があって、そう言ったつもりなのかもしれない。いや、半分は、きっと、本当にそうなのかもしれません。でも」

沙優ちゃんの口から言葉が放たれる間、彼女の視線は一度もぶれることがなかった。射《い》貫《ぬ》くように、私を見つめてくる。

「それとは別に……きっと、私への遠慮があったんじゃないかと思うんです」

「そんなことは……」

「私がこうして東京に戻ってくると分かっていて、その前に、自分が吉田さんのことをかすめ取るみたいな形になるのがイヤだったんじゃないですか？　私の恋を自分の手で刈り取ってしまうのが怖かったんじゃないですか」

「…………」

私はグッと奥歯を噛《か》み締《し》めた。

こうやって、はっきりと言葉にされることで見つめ直せる部分もある。

きっと……彼女の言う通りだ。

私は吉田君に対する恋愛感情も捨てられず、それでいて、沙優ちゃんのことも好きなのだ。彼女に対しして大人ぶっていたいという気持ちが、きっと心のどこかにあった。

結局、また、〝勇気のなさ〟だ。それが私のすべてを、ダメにしている。

そして……私のそういう部分を、彼女はとっくに見透かしているのだ。

「後藤さんのそういう優しさ、嫌いじゃないです。でも……」

沙優ちゃんはぐっと目元に力を入れて、言う。

「もう、やめてください」

私は息を呑んでしまう。何も言い返すことができなかった。

「私、ひとの人生を邪魔したいわけじゃないんです。ただ、いろんな人の力を借りて、ようやく立て直すことができた人生を精いっぱい生きたいだけ。そのために、東京に戻ってきました」

沙優ちゃんが東京に戻ってきたのは、吉田君にもう一度会うためだと思っていた。いや、実際そうなのだろう、と今でも思う。

でも……私は、彼女のことをどこか見くびっていたのではないかとも思ってしまう。

東京の大学に進学したのも、吉田君に会うのも、それは沙優ちゃんの人生の一部であって、すべてではない。

彼女は、すでに、〝自分の人生〟というものに、主体性を持って向かい合っているのだ。

ため息が漏れる。

「あなたは……」

私が小さく漏らすのに、沙優ちゃんは首を傾《かし》げた。

「なんですか……？」

「いえ……ごめんなさい、上手く言えない」

正直に答える。

大人だ、とか、成熟した、とか……そういう言葉が喉元《のどもと》までこみ上げてきて、私は口を閉じる。どれも実態よりも薄っぺらく、適切でないと感じるからだ。

本当に、私が思うよりもずっと大人になって戻ってきた沙優ちゃん。対して、何も成長していない私。

今できることと言えば、誠実に、正直に、対応することだけだと思った。

「……あなたの言う通りね。私は、きっと、あなたにもいい顔したかったんだわ。結局、譲る気はないくせに」

言いながら、どんどん自分が嫌になった。沙優ちゃんに指摘を受け、それを認めると、自分の醜悪な部分が明らかになっていくのを感じる。

ただ……私だって、覚悟は決めていた。

「でもね……私は本気で、吉田君が沙優ちゃんのことを選ぶかもしれない、って、今でも考えてる」

「え……？」

「そこだけは、ごまかしのない、本当の気持ち」

私がそう言うのに、沙優ちゃんは困惑したように瞳を揺らした。

「あなたは魅力的で、うんと大人で、とっても美人だわ。そして……するりと誰かの隣に入り込める独特なコミュニケーション能力もあると思う」

「いや、そんな……」

沙優ちゃんは驚き半分、照れ半分といった様子で視線を泳がせる。

「そんな子に、彼が心を奪われる可能性は、十分あると思う。私は、勝ちを確信してあなたが帰ってくるのを待っていたわけじゃないの」

「でも、そしたら……」

「だから、あなたも、一生懸命〝欲しがって〟いいのよ」

沙優ちゃんは、音が聞こえるほどに息を深く吸い込んだ。

「私は大人ぶってた。それを、あなたに今、教えてもらった。だから……あなたも、大人ぶる必要はない」

続けて私がそう言うと、沙優ちゃんは動揺したように大きく瞳を揺らしてから、横髪を指で触った。

それから、困ったように笑う。

「あは……なんていうか……」

沙優ちゃんはいじらしく上目遣いで、私を見る。

「やっぱり、見透かされちゃいますね」

「私もすっかり見透かされたから。きっと……見てるところがお互いに違うのね」

「複雑ですね、人間って」

「そうね」

ピリッとした空気が弛緩《しかん》していくのを感じる。

「ミルクとシロップ、入れてもいいのよ」

私が沙優ちゃんの前に置かれているアイスコーヒーのグラスを指さして言うと、彼女は恥ずかしそうに笑う。

「それもバレてましたか……」

沙優ちゃんは顔を赤らめながらミルクとガムシロップをいそいそとグラスに注ぎ入れる。大人を前にしてブラックコーヒーを飲んで背伸びをしてみる……という行いが、沙優ちゃんの普段の大人びた振る舞いと比べるとあまりにいじらしく見えて、私も思わず笑ってしまう。

沙優ちゃんは改めてアイスコーヒーをストローで吸って、ほっとしたような表情を浮かべる。かなり飲みやすくなったのだろう。

私も一呼吸を置くようにカフェラテを口に含み、ゆっくりと嚥下《えんか》した。食道がじわりと温かくなり、少しだけ心が落ち着くような気がした。

「……本当に、あなたに遠慮してるつもりはなかったのよ」

ぽつりと私が言うと、沙優ちゃんの視線がこちらに向くのが分かった。

「でも、沙優ちゃんの言う通り、心のどこかであなたに対しての負い目みたいなものを感じていたのかもしれない」

そこまで話して、私は奥歯を噛み締める。この期《ご》に及んで、まだ胸の奥にわずかな〝恐れ〟があるのが分かって、自分が嫌になりそうだ。

「だから……今後は、意識して、それを捨てようと思う」

少し震える声で私がそう言うのを聞いて、沙優ちゃんはスッと息を吸い込んだ。

それから、吸った分をゆっくりと吐き出しながら、表情を緩める。

「……はい、その言葉を聞けて安心しました」

沙優ちゃんはそう言って、どこかわざとらしくニッと歯を見せて笑った。

「おかげで私も、全力で自分の恋ができますから」

「ふふ、そうね。応援してる」

「応援しちゃダメじゃないですか」

「応援はしてるけど、負けるつもりはないわ」

「あはは、私も勝てる気はしてないです」

沙優ちゃんは軽口のようにそう言ったけれど、その言葉と同時に彼女の視線がスッと右下に落ちるのが分かった。口元は笑っているのに、目の奥の光はどこか儚《はかな》い。

ああ、この子は本当に、言葉の通りのことを実行しているだけなのだ、と分かる。

恋を諦《あきら》める気はない。でも、成就できるとも、思っていない。

私の状況とは真逆で……だからこそ、その決断が並大抵の覚悟でできるものではないことが私にも分かる。分かってしまう。

つくづく、かなわないと思う。

かなわないと思うのに、当の沙優ちゃんは、吉田君が私を選ぶと信じて疑わない。

何もかもがちぐはぐで、私には正しい判断がつけられる気がしなかった。

けれど……私がすべきことは、〝正しい判断〟などということではなくて、ただただ、今目の前にある人生と恋に向き合うことだ。

それを、沙優ちゃんが——敵に塩を送る、というような形で——教えてくれた。

私はいつも、ひとに背中を押されてばかりで、その場その場では前向きな気持ちになってはみるものの、結局大きく動き出せずにいた。

動かないことが日常だったものだから、少しの変化で浮かれて、そこで満足してしまっていたように思える。

私が思うよりも私は臆病《おくびょう》で、私が思うよりも上手に動けない。

だからこそ、無茶だ、と思うくらいに、頑張ってみることが必要だと思った。それくらいしてようやく、人並みの変化を得られるのかもしれない。

沙優ちゃんの等身大の恋愛を応援したい気持ちは確かにある。しかし、彼女が〝あのように〟割り切ったのと同じように……私も、彼女の恋を応援する気持ちと、自分の恋愛を推し進める気持ちを並行させることは可能なはずだ。

その後も沙優ちゃんとはたくさん、吉田君に関係があることもないことも話したけれど、夕方になって解散するころには……私は自分の恋愛を成就させる覚悟を決めることができていたように思えた。

……と、決意を新たにした数日後に、こんなことになるとは思ってもみなかった。

社長室を出て、特に何かを考えるよりも先に足が向いたのは化粧室で、私は鏡に向かい合って自分の顔を見つめた。

焦り、困惑。そういう感情が浮かんでは消える。無意識に下唇を歯で軽く噛んでしまっていたことに気が付き、私はゆっくりと息を吐いて、リップを塗り直す。

そのまま鏡とにらみ合っていてもしょうがないので、仕方なくオフィスの自分のデスクへと向かい、まだ出勤している人もまばらな中で仕事の準備をゆっくりと始める。

仕事を始めるためのルーチンに入ると少しばかり心が落ち着くような気がしたけれど、

定期的にノイズのように「本当に異動になるのか」とか、「吉田君にどう話そう」とか、「こんな歳で遠距離恋愛など可能なのか」というマイナスな思考が挟まってしまう。

「おはようございます」

吉田君の挨拶《あいさつ》がオフィス内で聞こえると、思わず視線がそちらに向いた。反射というのは怖いものだ。

彼の視線もこちらに向き、目がぱちりと合った。その瞬間、どくりと心臓がイヤな跳ね方をして、私は慌てて目を逸らしてしまう。

吉田君はしばらくこちらを見ている気配があったけれど、すぐに自分のデスクへと向かって歩いていく。

その後ろ姿をちらちらと見やって、ようやく私は深く息を吐《つ》いた。

あんな目の逸らし方をしたら彼をまた不安にさせてしまうことは分かり切っているのに。けれど、今回ばかりは自分を制御することができなかった。

私はどういう風に気持ちの整理をつけて、彼にどんなふうに話せばいいというのだろうか。

夜には話すべきだ。こういうことを後回しにしたらいつものように私は後手後手になってしまう。

そう思いつつも、業務中はうまく吉田君と関われる気がしなくて……私は業務が終わるまで、ずっと吉田君から逃げるようにしていた。

4話 カラオケ

「……異動、ですか……？」

後藤《ごとう》さんに誘われて会社を出て、二人で個室居酒屋に入ったのちに。

俺は思いもよらぬカミングアウトを受けて硬直していた。

どうして、こんなタイミングで。という言葉が出かけて、慌てて口を噤《つぐ》む。本心の言葉ではあるが、後藤さんにそんな言葉をかけても仕方がないことくらいは分かっている。

しかし……あまりに、タイミングが悪い。

後藤さんがあらかじめ言っていた通り、沙優《さゆ》は東京に戻って来た。そして、これから沙優のことも後藤さんのことも改めて見つめ直し、その上で前へ進みたい、と思っていたというのに……。

彼女は異動で仙台《せんだい》に行ってしまうというのだ。

「ごめんなさいね……決まったことなの」

申し訳なさそうに後藤さんが言う。

「仕方ないですよ……仕事なんですから」

考えがまとまらないままに口を開くと、そんな当たり障りのない言葉が零《こぼ》れ出た。

俺がぼそぼそとそんなことを言うのを聞いて、後藤さんの視線が静かに俺の方に向くのが分かった。俺も後藤さんの方を見ると、彼女はどこか寂しそうに微笑《ほほえ》んでいた。瞳《ひとみ》はちらちらと揺れ、口元も震えているのが分かった。

そうだ、俺が言うべきは、こんなその場しのぎの言葉ではない。

「俺、ちゃんと考えますよ。後藤さんがどこにいても」

きっと、彼女は不安なはずだ。「どうしてこんなタイミングで」と俺は思ったけれど……そう思ったのは俺だけではないに決まっている。そんなこともすぐに想像がつかなかった自分が腹立たしい。

これから関係が進展するかもしれないこんな時に、後藤さんは遠くへ行ってしまう。であれば、彼女を安心させる言葉をかけるのは、俺のするべきことのはずだ。

「それに……異動したからって、まったく会えなくなるわけじゃないですよね」

「いや、でも……仙台よ？」

「俺、そっち行きますよ」

「えっ……？」

「休日、必ず会いに行きます。さすがに毎週は無理かもしれないけど……」

俺が言うのに、後藤さんは慌てた様子で首を横に振った。

「そんな、悪いわよ……！」

「好きな人に会いに行くことのなにが悪いんですか」

「いや、それは……」

ダメ押しする俺に対して、後藤さんはしばらく顔を赤くしながら視線を彷徨《さまよ》わせたが、観念したように頷《うなず》いた。

「ありがとう……嬉《うれ》しいわ、とっても」

照れながらそう言う後藤さんだったが……俺はその顔を見ながら、どうもすっきりしない気持ちになっていた。

照れているのも本当、嬉しいと言ったのも本当……だと思う。けれど……やはり、「心から安心している」というようには見えない。もちろん、今後のことは誰にも分からないわけで、俺の口約束だけで完全に安心しきることができないことくらいは分かる。

けれど……そんなにも、「諦めた」というような感情を出さなくてもいいじゃないか、と思ってしまうのだ。本人は隠し通せていると思っていそうなところも少しばかり腹が立つ。

俺は、彼女が思う以上に、彼女の感情の機微を察することができるようになった気がするし……そのせいで、ゆるやかに傷付いている。

「絶対、行きますから！」

俺はもやもやした気持ちのままもう一度言う。後藤さんは照れ隠しのように手をぶんぶんと振りながら頷いた。

「もう、大げさね。ありがとうね。ほら、早く食べましょう」

乾杯をして、お酒を何口か飲んですぐに異動の話になったものだから、俺たちは注文した料理に手を付けていなかった。

すべてに納得できたわけではなかったけれど、解決することのできない問題について言い合って料理を冷ましてしまうのも良くないので、一旦《いったん》この話は切り上げて食事を楽しむことにした。

後藤さんはもう異動の話題には触れず、日々のことや仕事のことについて話し出したが、俺はやはりもやもやとした気持ちのままその話を聞いていた。

「はぁ〜、ちょっと食べすぎちゃったかも」

居酒屋を出ると、後藤さんは会社で見せるような規則的な歩調ではなく、ゆらゆらと左右に揺れるような歩き方で歩いていた。言われてみれば彼女は、今日はいつもよりも飲み、いつもよりも食べていたような気がする。

ふらついた歩き方はどこか自堕落な雰囲気を醸し出していて、いつものギャップにドキリとする。

「足元ふらついてますよ」

少し先を歩く後藤さんに俺が指摘すると、彼女は振り向いて、いたずらっぽく笑った。

「わざとやってるの」

「転んだら危ないじゃないですか」

「大丈夫よ、子供じゃないんだから」

そう言ってくすくすと笑う後藤さんは、居酒屋に入ってすぐの時とは打って変わって、どこか上機嫌に見える。

彼女が一歩進むたびにカツンカツンとヒールの音がして、それなりに騒音の多い街の中でも、俺にはその音が一番大きく聞こえるような気がした。

長い髪が左右にさらさらと揺れ、こんな状況なのに何故か楽しそうに歩いている後藤さんを見ていると、ああ、やはり俺はこの人が好きなんだな、と実感する。

ずっと……こんな感じだ。

後藤さんと関わっていると、なんだか疲れる。何もかもが思ったようにいかず、イラついたり、もやもやしたりする。だというのに……心は、この人のことが好きだと叫んでいる。

高校生の時以来の恋だからなのか、あるいはこの人だからなのか、それは俺には分からないけれど……恋とは、こんなにも苦しいものなのか、と、思う。

「ねえ、吉田《よしだ》君？」

ぼんやりと後藤さんの後ろ姿を眺めていた俺だったが、急に彼女が振り返って我に返る。

「はいっ？」

慌てて声が裏返るが、後藤さんは気にする様子はなかった。

「今日、まだ帰りたくないかも」

「へっ」

彼女が無邪気にそんなことを言うので、俺は再び声を裏返らせてしまった。

今日は帰りたくない。

人生で初めてかけられた言葉だったけれど、それなりにドラマやら漫画やらを嗜《たしな》んでいれば、大人同士のそんな言葉が意味することは……。

と、邪《よこしま》な妄想が一瞬にして脳内で膨れ上がるが……そう、俺たちは〝まだ〟、恋人ではないのである。こんな流れで突然やらしいことをするようなことは絶対にないはずだ。もしそうなるのであれば、もはや『付き合っていない』などという建前は完全に無駄になるのだから。

「じゃあどうするんですか」

「もうちょっと遊んでから帰ろうよ」

後藤さんはやはり酔っているようで、甘えるような声で言った。

「遊ぶって……」

「まあまあ、ついて来てくれたらいいから」

そう言って、急にスタスタと歩き出す後藤さん。突然だったので立ち止まってしまった俺を少し先で振り返って、無邪気に手招きをする。

ため息一つ、俺は小走りで彼女を追いかけた。

さっきまではあれほどに困惑と落胆に心を支配されていたというのに、今は心臓が甘やかに締め付けられるような感覚がある。やっぱり俺は、この人に手も足も出ないんだなぁ、と、思う。

上機嫌で歩く後藤さんについてゆき、十分歩いたかと思われるタイミングで、後藤さんは「あ、ここだ」と言いながら足を止めた。

そこは、あまり名前を聞いたことのない――チェーン店なのかも定かではない――カラオケ店であった。

「か、カラオケですか……」

「そうよぉ」

「……歌うんですか？」

「ん～」

後藤さんは曖昧《あいまい》に首を捻《ひね》り、いたずらっぽく笑う。

「ま、とりあえず入りましょ」

「ええ……ほんとに入るんですか……？」

すたすたと建物に入って行ってしまう後藤さんだったが、俺は少し尻込《しりご》みしながらもう一度店の外装を見やる。なんというか……とてもボロい。

しかし、俺が逡巡《しゅんじゅん》している間に後藤さんは階段を上って行ってしまう。視線を彼女の方へ向けると、そんなに短いスカートでもないのに太腿《ふともも》のあたりが思い切り見えてしまい、俺は慌てて視線を下げながら階段を上った。

「よくこんなとこ知ってましたね」

後藤さんに追いつき俺が言うと、彼女はなんでもないように「さっき調べたから」と答えた。ここまで歩いてくる途中で後藤さんがスマホを取り出したところは一度も見ていないので、居酒屋で俺が手洗いに立った時などにサッと調べたということなのだろうか。つまり、居酒屋にいた時から俺とカラオケ店に来るつもりだったのか……?

受付のある二階に上がると、かなり手狭なカウンターは無人だった。置かれているベルを後藤さんが一度鳴らすと、奥から見るからにやる気のなさそうな男性店員が出てくる。

お二人ですか、会員証ありますか、ゲストでも利用できますが会員登録すれば二百円安くなります、ゲストですね、機種の希望ありますか、ワンドリンクのみ最初に注文お願いしてます。

店員からはやる気のなさが溢《あふ》れていたものの、マニュアル化されている流れを綺麗《きれい》になぞって喋《しゃべ》る様子はむしろ美しくもあった。

淡々と受付が終わり、四階の個室を使うよう指示される。エレベーターはなく、今度は俺が先に階段を上った。階段の途中も、四階に着いてからも、聞こえてくる歌声はちらほらといった感じで……かなり空室があるようだった。カラオケ店という場所はいつでも混んでいる、というイメージがあったので、こんなに騒がしくないカラオケ店もあるのか、と感心する反面、毎日こんな様子では経営が立ち行かないのでは？　というどうでもいい疑問が生まれたりもした。

それらの思考も、すべて……突然の後藤さんとの『個室デート』のような展開から目を背けるためのものであると心の奥では分かっている。いや、俺はすでに彼女と旅行にも出かけ、カラオケで二人きり……というような状況よりもさらに自制心を試されるイベントをこなしたわけだが、こういうのは何度あってもドキドキしてしまうものだろう。

指定された個室に入ると、照明がついておらず、つけっぱなしになっているテレビ画面のみが室内の光源となっていた。部屋は明らかに二人用の個室で、想像していたよりもかなり狭かった。最近にしては珍しく禁煙ではない部屋のようで、入ってすぐに、ヤニの染みついた壁特有の鼻の奥に残るにおいがした。

後藤さんは「わ、古き良き、って感じの部屋ね」とくすくす笑いながらソファに腰掛ける。俺が向かいに座ると、彼女は何か言いたげな視線を俺に向けてきたが、それと同時に閉めたばかりの個室のドアにノックがあり、二人ともびくりとした。

「失礼しまーす」

間延びした声で、まったく視線の合わない、おそらく学生アルバイトであろう女性店員がドリンクを持って入って来た。

呑《の》んだ後だったこともあり、二人ともウーロン茶を頼んだ。テーブルの端にトントンと二つのグラスを置いて、会釈一つ、店員が部屋を出ていく。

数秒間の沈黙。テレビからかなり小さな音量で流れているはずのカラオケ機器のコマーシャル番組の音がかなり大きく聞こえた。

「な……なにか入れます？」

沈黙に耐えかねて、机の上に置かれていたデンモクを俺が手に取ると、後藤さんはフッと失笑して俺を見た。

「吉田君が歌うとこはちょっと見てみたいかも」

「やめてくださいよ。俺音痴だし」

「そうなの？」

「高校の時とかめちゃくちゃからかわれたんスから……」

「へぇ～、意外。なんだかんだで、なんでも器用にできちゃうタイプかと思ってた」

「歌だけは本当に苦手で――」

ようやく会話の糸口を摑《つか》めて安心したのもつかの間、言葉の途中で後藤さんとばっちり目が合って、言葉が止まってしまう。

後藤さんはどこかとろんとした目で、俺を見ていた。酔っているのもあるのだろうが、なんだかとても艶《つや》っぽい表情だと思った。

「ねえ吉田君」

「はい……？」

「隣、座ってもいい？」

「い、いいですけど……」

緊張しながら俺が頷《うなず》くのとほぼ同時に、後藤さんはガバッと立ち上がり、肩が当たる距離感で隣に座った。

「はぁ～……」

肩をぴったりとくっつけて、後藤さんは深く息を吐《つ》いた。

俺は真隣の彼女の顔を見られないまま、「どうしたんですか」と訊《き》く。

後藤さんはぐい、と俺の肩に自分のそれを押し付けたまましばらく黙っていたが……。

「……やっぱり、離れたくない」

沈黙を破り後藤さんが発した言葉に、俺は反射的に彼女の方を見てしまう。少し潤んだ目で俺を見る後藤さん。数秒目が合ったけれど、拗《す》ねたように唇を尖《とが》らせて、俺の肩にぐい、とその頭を押し付けた。

可愛らしいやら、髪の毛からいい匂いがするやらで俺の心拍数はめちゃくちゃになる。

「突然異動って言われて、なんとか……本当に、なんとか！　気持ちの整理をつけようとしたけど……やっぱり無理よ」

後藤さんはあまり大きく口を開かず、もごもごと言った。

「そりゃ、そうですよね」

俺も、思ったままを口にする。共感するのと同時に、少し安心したような気がした。彼女は今の今まで、複雑な心境であるということ〝だけは〟読み取れる程度の感情の吐露しかしてくれなかったが、ようやく、本音を聞けたからだ。

「なんで私っていつもこうなんだろ……」

「これに関しては後藤さんのせいではないですよ、絶対」

「そうなのかしら……私がそういう星のもとに生まれたとしか思えないわよ、もう」

「人生、自分の思うようになる物事の方が少なくないですか？」

後藤さんの本音にあてられたように、俺もつい本音を零《こぼ》してしまう。

彼女の頭が少し動き、俺のほうに視線が向くのが分かった。

「吉田君って、そういうふうに思ってたの？」

「え、ああ……まあ。俺だって、生きてる中で、漠然と『こうなったらいいな』と先の想像をすることもありますけど……その通りになったことなんて、ほとんどありませんよ」

「まあ、あくまで俺の話なので……誰もがそう、とも言い切れませんけどね」

思ったよりも突っ込んで訊かれたからか、だんだんと、〝上手く言葉になっていないかもしれない〟という気持ちがはたらいて、歯切れが悪くなるのを感じる。

いま自然と口からこぼれ落ちたけれど……思えば、昔からこういう考えで生きていたように思える。

中学から高校にかけて野球に打ち込み、高校に入る頃には部の投手として活躍できるほどになったけれど、だからといって大会などで結果を残せたかと訊かれれば答えはノーである。球児の夢であった甲子園なんかはもってのほかだった。だからすべてが無駄だった、なんてことを言いたいわけではないけれど、部活での経験が今の俺の何に繋《つな》がっているのか、自分でもよく分からない。

初恋は、自然消滅という形で終わった。俺なりに、目の前の恋愛を、好きな人を、大切にしているつもりだった。けれど、彼女の求めるものはそういうものではなかった。それだけのことだったけれど、俺はあのとき、激しく落胆したのだった。それは恋人に対してではなく……自分に対してだ。

俺は、〝他の人間の意志〟が絡む物事で成功できたためしがなかった。何事も真正面から受け止め、自分なりに咀嚼《そしゃく》しているつもりでも……いつも、足りていない。どれだけ〝まっすぐ捉《とら》える〟ことを意識しようとも、俺というフィルターを通した時点で、何かがねじ曲がっているのだろうと思う。

沙優を家に置いたときだって、そうだった。

俺は、たった一つの〝善意〟で以《もっ》て、沙優のことを包んでやりたいと思った。けれど、それは社会の中でも、一人の人間としても、どこか歪《いびつ》な感情だったと、今でも思う。俺はきっと……何一つ上手く行かなくて、嚙《か》み合わない歯車のせいで生活がねじれて、どうしようもなくなっている彼女に少しばかり、〝自分自身〟を見たのだ。だからこそ、助けたいと思った。けれど……結局、俺一人ではどうしようもなかった。

多くの人を巻き込んで、助けられて、運が味方をして……ようやく、俺は沙優を北海道に帰すことができたのだ。

俺一人で成し遂げられたことなど、何もない。人生が思い通りになったと感じたことも……一度だって、ない。

「吉田君……？」

後藤さんの視線と、彼女の声で、ハッと我に返る。

随分と長いこと黙ってしまっていたように思う。

俺は取り繕うように口を開いた。

「現に、今だって、両想いなのが分かってるのに苦労してますしね」

そう軽口を言うと、後藤さんはムッと唇を突き出した。

「……分かってるわよ、面倒な女だってことくらい」

「いや、ごめんなさい。責めてるわけじゃないんですよ」

「面倒だって思ってるでしょ」

「……思ってないわけでもないです」

俺が正直に答えるのに、後藤さんは拗ねたようにぷくりと頰を膨らませた。居酒屋を出た後の彼女は、どこか幼い仕草が多くてドキッとしてしまう。

「……ごめんね、悪いとは思ってるのよ。それに、私だって――」

「分かってます、分かってますから」

「分かってない！」

俺の言葉を遮る勢いで、後藤さんが声を上げた。身を捻《ひね》り、俺に顔を近づける後藤さん。

俺は彼女が顔を近づけてきたのと同じだけ顔を後ろに下げてしまう。しかし、後藤さんはさらにずい、と顔を前に出してきて、俺の逃げ場はもうなかった。後頭部は壁に当たっている。

至近距離で、後藤さんと目が合っている。俺の両目を往復するように彼女の視線がちらちらと揺れる。この距離だと、後藤さんの瞳《ひとみ》が濡《ぬ》れているのが、暗い室内だというのによく見えた。人間の瞳というのはこんなにもしっとりとしているのだなぁ、と場違いなことを考えてしまう。

「今、私が何考えてるか分かる……？」

「わ、分かりません……」

「このまま……」

後藤さんはそこまで言って、一瞬言葉を詰まらせた。唇が少しだけ震えるのが視界の下端に映る。

「このまま、キスしちゃいたいって……思ってる」

顔を赤くしながら、真剣にそんなことを言うものだから、俺は音が聞こえそうなほどに「ごくり」と唾《つば》を飲んでしまう。心臓は早鐘を打っていた。

両想いなのにまだ付き合わない、と言い。好きだけどキス以上のことは——あの夜以降は——しないと言い。かと思えば、今度はキスしたいと言う。本当に、なんなのだろうか、この人は。憤りを感じないでもないのだが……単純なことに、今はそれよりも自分の心音が聞こえてきそうなほどの高揚と緊張のほうが強かった。

「……べ、別に」

深く考えるよりも先に、震えた声が口からこぼれ落ちる。

「俺は、構いませんけど」

「……ッ」

こくり、と後藤さんが唾を飲む音が聞こえた。

潤んだ瞳が俺を見る。彼女の顔が少しだけ近づいて、俺は固唾《かたず》をのむ。

しかし、スッと後藤さんの目が伏せられて、彼女はゆっくりと息を吐きながら乗り出した身を少しずつ引いた。ぽすっ、とまた俺の肩に頭をもたれかけさせて、後藤さんは言う。

「やっぱり、ダメね」

「な、何がですか……」

「抜け駆けは」

後藤さんはそう言って、苦笑した。

胸がズキリ、と痛む。彼女の言葉から想起されることは、一つだけだ。

「……そうですか。そうですよね」

俺は奥歯をぐっと噛み締めて、頷いた。

後藤さんは……俺が、沙優との関係性について見つめ直してから、改めて自分を選んでほしいと言った。そして、彼女のその発言の根底にあるのは『沙優も俺のことが未だに好きである』という結論だ。後藤さんが『抜け駆け』と言ったのは……つまり、沙優の恋愛に決着がつく前に自分がキスなりなんなりで手を出してしまうのは、彼女にとっては〝ズル〟に当たるということなのだろう。

分かる。言っていることは。

けれど……そうであったならば……俺と、一度だって、キスなどしないでほしかった。一度味わったあの快感と火照《ほて》りを、こんな密室で、これだけぴたりとくっついた状態で、我慢しろというのだ。

どれだけ酷なことを言っているのか、本当に分かっているのか。

……と、それらの不満を、俺は、すべて呑《の》み込んだ。

一度呑み込むと……彼女の提案を呑むと、決めたのだから。

とはいえ……折衷案くらいは出させてもらっても、構わないだろう。

「じゃあ……これくらいなら、いいですか」

俺は左腕を後藤さんの左肩に回し、ぐい、と抱き寄せた。

俺の左胸に頭を預けるようにして、後藤さんは驚いたように縮こまっている。

しかし、徐々にその身体《からだ》の緊張がほぐれていくように、力が抜けていくのが分かった。

「うん……ありがとう」

「……いえ」

「………ごめんね」

「……とんでもない」

俺は彼女の謝罪に対して、「本当だよ」と思いつつ……少しずつ胸の中で花開いていく感情に、少しだけ、呆《あき》れた。

ため息が漏れる。

「……なんか、ムカつきますね」

「えっ？」

「こうしてるだけで……結構幸せだなって、思っちゃって」

「……ふふ」

顔は見えなかったが、後藤さんの頭が少し揺れた。そして、彼女の左手が、控えめに俺の左手に重なる。

「うん……私も」

小さな声でそう言って、後藤さんはぐりぐりと俺の胸に頭をこすりつけた。

キスを焦らされたことに対する憤りはどこかへ消え失せ、今は、ずっとこうしていたい、と思ってしまっている。

恋愛を前に、俺はこんなにも単純なのかと呆れたけれど。

俺と後藤さんは、それから長い間、暗い部屋の中で、そうしていた。

「行きたくない、仙台」

「行ってほしくないですよ」

「なんでいつもこうなっちゃうんだろう」

「困ったものですね」

「ほんとに会いに来てくれる？」

「行きますよ、必ず」

短い会話がぽつぽつと繰り返されて、胸の中で、彼女の息遣いが感じられる。

そんな時間を過ごしただけで、数時間前に「異動がある」とカミングアウトされたあの時の困惑や焦りはどこかへ消え失せ、心が安らいでいるのを感じた。

けれど同時に……この安らぎがもうすぐ手元を離れていくのだと考えると、あまりに実感がなくて。それを実感する時が来るのが、無性に恐ろしく感じられた。

5話

それぞれの夜

「えっ……異動!? マジ!?」

後藤《ごとう》さんの異動が決まってから数日後、いつものように仕事を終え帰宅する途中で、あさみから「今日吉田《よしだ》さんちで勉強させて～」と連絡がきた。また両親が喧嘩《けんか》でもしたのだろうか、と思いつつ……このタイミングであさみが来てくれるのは、ごちゃごちゃと余計なことを考えずに済むので良いなぁとも思ったものだった。

のだが……うちに来て数時間は真面目に勉強をしていたあさみだったが、「なんか吉田さんいつもと様子ちがくね？」と持ち前の敏感さを発揮し、気付けばその原因を根掘り葉掘り訊《き》かれる展開となっていた。

最初は隠そうとしたものの、彼女のあまりのしつこさに俺も観念し、ついに後藤さんの異動が突然決まったという話をした。

「まだ付き合ってないんでしょ？ 付き合う前に遠距離になるのはキツくない？」

「まあ……仰《おっしゃ》る通りで。だから困ってるわけで」

ため息交じりに答える俺に、あさみはあっけらかんと言った。

「行く前に付き合っちゃえばいいのに」

「そう簡単な話でもないんだよ」

「オトナってめんどくさいねぇ」

あさみは苦笑してから、俺のほうに何か言いたげな視線を向ける。

こちらを見るだけ見て、何も言わないあさみ。

「なんだよ」

「いや、その……なんていうか」

あさみは言い淀《いよど》んだのちに、ちらちらと瞳を揺らしながら答えた。

「つまりさ、後藤さんは異動になってしばらく東京にはいなくて……代わりに、沙優《さゆ》ちゃんがいるってことだよね？」

彼女の言葉に、俺は反射的に「だから何だよ」と口にしてしまう。思った以上に険のある声が出てしまい自分でも驚くが……あさみの言いたいことがなんとなく分かってしまうだけに、仕方のないことのようにも思えた。

「だから……これって、沙優ちゃんからしたら、チャンスなわけでさ？」

「それ以上言わないでくれ」

想像していた通りの方向にあさみの話が進みだしたので、俺は目元に手を当ててうつむいてしまう。脳が、「これ以上考えさせるな」と叫んでいた。

「言いたいことは分かるよ……でも……」

あさみはつまるところ、「沙優からのアプローチも邪険にしないでやってほしい」というようなことを言いたいのだろうと分かる。あさみはいつだって、沙優の味方なのだ。その明確なスタンスを悪く思ったりはしない。けれど……今は、そんなことをフラットに考えていられるほど心に余裕がなかった。

「悪いけど、今は……その話はしたくない」

うなだれながら、力なくそう言うと、あさみが小さく息を吐いた音が聞こえた。

「ごめんね……追い討ちかけちゃったね」

「いや、いいんだ」

「ウチ、沙優ちゃんのことばっかで……吉田さんの気持ち考えられてなかった」

「大丈夫」

その後のことは、よく覚えていない。

あさみが勉強をしながら、ときどき遠慮がちに声をかけてきて、それに俺も一言二言で答えて……というぎくしゃくとしたコミュニケーションが続いていたような気がする。

それなりの時間になるとあさみは帰り、俺はぐるぐると同じようなことを考えながら、気付けば眠っていた。


「はっ、異動⁉」

異動が決まった数日後。

私は憂いを断つ――というより、余計なことを考えないように仕事に没頭していたのだけれど、勘の良い神田《かんだ》さんには私と吉田君の雰囲気の変化を感じ取られてしまったようで……私は今、なぜか神田さんと三島《みしま》さんに囲まれるような形で居酒屋の席で身を縮こまらせている。

「なんでこんなタイミングで仙台《せんだい》なのよ。なんもないでしょ、あんな支部」

吐き捨てるようにそう言う神田さんの発言に私は思わず失笑したものの、首を横に振る。

そういえば神田さんは仙台から異動してきたのだった。

「これから新しいプロジェクトを立ち上げるみたいよ。その監督役で、幹部の私が」

「なるほど、なんもないからこそ、ってことね」

頷《うなず》きつつ神田さんは憎まれ口を叩《たた》くのをやめない。

それに対し、三島さんはやけに静かにカシオレの入ったグラスを傾けている。神田さんの軽口に少し笑ってみせたりするものの……どこか、機嫌がよくなさそうにも見えた。

「んで？　吉田とのことはどうするわけ？」

「もちろん、諦《あきら》めるつもりはないわよ」

私がそう答えるのを聞いて、神田さんは「おー」と声を上げる。

「てっきり『やっぱり私の恋は叶《かな》わないんだわ！』みたいなこと言い出すかと思ってた」

「失礼ね、まったく」

売り言葉に買い言葉で唇を尖《とが》らせてみるものの、正直、かなり近いことを何度も考えていたので、胃の辺りがヒヤリとした。

神田さんは上機嫌にウィスキーの入ったロックグラスを傾けたのちに、私をじっと見つめる。

「……んで？」

「え？」

「諦めないのは分かったけど、具体的にどうするわけ？」

神田さんはあっけらかんと訊いてきたが、私は答えが浮かばず口を開いたり閉じたりするばかりだった。

　ふと、向かいに座る三島さんの視線がこちらに向いた気がして、つられるように目を向けると、スッと逸らされる。

「もしかして、『諦めないわよ！』って両の手の拳《こぶし》を握り締めるポーズだけして終わり、ってわけじゃないよねぇ」

「いや、その……吉田君も会いに来てくれるって言ってるし……」

「はぁ〜〜〜」

　神田さんは大げさにため息をついてから、机を人差し指の爪でかつんかつんと叩《たた》いた。

「この期《ご》に及んで受け身のままなわけ！　休日はあるんだから、後藤さんがこっちに来たらいいでしょ」

　そう言われるのは当然、とも思う。けれど……。

「またあーだこーだと理由つけて受け身のままでいる気なんじゃないの」

「いや、そうじゃなくて！」

　あまりにもこちらの話を聞かずに責め立てられるので、私も噛《か》みつくように神田さんのほうへ向き直る。

　が……言葉が、上手く出なかった。

確かに、どうして私が休日に東京まで出てくるのではダメなのだろう。私の中には明確な理由があったような気がするのだけれど、それが喉《のど》の奥につかえて、言葉にならなかった。

急に勢いづいたかと思えば言葉に詰まり、気まずく視線をうろつかせる私を神田さんは訝《いぶか》し気に見つめてくる。

コト、とグラスがテーブルに置かれる音がした。

音につられて視線を上げると、三島さんが私の方をじっ、と見ていた。

「後藤さん。……沙優ちゃんの近況について、何か知ってます？」

三島さんの口からその質問が出た瞬間に、私は心臓をぎゅ、と素手で摑《つか》まれたかのような痛みを覚えた。

それと同時に、さっき喉元まで出かかっていた言葉の正体に気付く。

「沙優ちゃん、東京に戻ってきてるんじゃないですか？」

三島さんはやけに冷静な様子で、私を見つめながら問うてくる。

どうしてこの子はこうも、鋭いのだろうか。

私がすぐに答えられずにいると、隣の神田さんが困惑したように私と三島さんの間で視線を行ったり来たりさせた。

そして、言う。

「あの……その〝サユちゃん〟って、誰？」

神田さんの言葉に、私と三島さんはぎくり、と肩を震わせた。

そうだった……彼女は、沙優ちゃんのことを、何も知らないのだ。

「あ、いや、その……」

つい数秒前まで淡々と私を詰めていた三島さんが今度は慌てだす。

「私と後藤さんの共通の知り合いといいますか……」

「ふうん？　で、なんでその子が今話題にあがるわけ？」

「それは～……えっと……」

「あのさぁ」

神田さんの眉間《みけん》の皺《しわ》がぎゅっ、と濃くなった。

「今まで散々相談に乗って来たよねぇ、あたし」

言葉の矛先が思い切りこちらに向いたことに気付き、私は背中を丸めるほかない。

「はい……」

「そんなあたしにさぁ、二人して隠し事ですかぁ？」

「悪いとは思ってるけど……ちょっとそれとこれとは別というか……」

「何がどう別なんだいッ！」

　おかしな口調で神田さんが私の耳元で大きな声を出す。店内の他の客の視線がこちらに集まるのが分かった。

「わかった、話す。話すわよ。大きな声出さないで」

「わかりゃいいのよ」

　神田さんはスノ！　と音がするほどに鼻から大きく息を吐いてから、首を傾けた。

「で！」

　さっさと話せ！　という催促。

　私は三島さんの方をちらりと見る。彼女は申し訳なさそうに小さく頭を下げた。

「あの……この話は……絶対他の人には言わないでほしいんだけど」

　そう前置きをすると、彼女は「んなん当たり前でしょ」と吐き捨てるように言い、待ちきれないとばかりに話の続きをするよう促してきた。

　そして、私は……一年以上前の、吉田君と沙優ちゃん、そして私や三島さんの話を神田さんにした。神田さんは驚きつつも、どこか察していた部分もあったようで、私が話しだしてからはかなり静かに話を聞いていた。

「な〜〜んか女の気配はあるなと思ってたけど、なるほど、まさか見ず知らずの女子高生をねえ……」

話を終えると、ため息一つ、神田さんは遠くを見つめながらそう言った。

「ま……あいつらしいといえばあいつらしいのか」

彼女はそう付け加えて、フッと鼻を鳴らす。

「そんでもって……なんで後藤さんが今まであんなに及び腰だったのかも分かったし……なんとなく、今三島ちゃんが言いたいことも分かった気がする」

そう言ってから、神田さんは三島さんを横目で見る。

その視線には「ほら言ってやれ」という意図がありありと浮かんでいた。

三島さんは静かに頷いてから、私の方をじっと見つめた。

「沙優ちゃん……帰ってきてるんですよね？」

私は奥歯をぐっ、と噛みしめたのちに、頷く。

「うん。つい、最近ね」

「どうするんですか？」

「どうするって……私がどうこうする話じゃ――」

「譲るつもりじゃないですよね」

三島さんの声は鋭かった。

「そんなわけ……ないじゃない」

私が小さな声で答えるのにかぶせるように、三島さんはハッキリと言う。

「でも、まだ怖がってますよね」


そんなことはない。

私は沙優ちゃんと話をして、お互いに妥協なく恋愛をすると決めたのだ。

そう……はっきり言い返せたらよかったのに、残念ながら、そうできなかった。

「本気で戦う気があるなら、後藤さんだって、休日に東京に戻ってくるって言うはずだと私は思います」

「できるかも分からないことを言いたくないから……」

「後藤さん！」

三島さんが、苛《いら》ついた声を上げて、私はびくりとする。

隣の神田さんの持つグラスの中で、ロックアイスがカラン、と音を立てた。

「……ここで逃げたら、本当に、失うことになるかもしれませんよ」

三島さんの厳しい言葉が、まっすぐ私に飛んでくる。

「そうやって、すべての衝突から、すべての決断から逃げるつもりですか」

彼女の瞳《ひとみ》の中に、むくむくと怒りの色が浮かんでいるのが、私にも手に取るように、分かった。

6話 心

自分でも上手く言語化できない〝恐れ〟の感情を三島《みしま》さんに看破されて、私は狼狽《ろうばい》した。

そして、彼女にはっきりと言葉にされたことでようやく自覚できた心情にも気付く。

私は……結局、心の中で何度「妥協をしない」「全力で恋をする」と唱えても、根本のところで自分の気持ちを信用しきれていないのだ。

自分と吉田《よしだ》君のそれよりも、沙優《さゆ》ちゃんと彼の結びつきのほうが強く、尊いものだと感じてしまっている。自分の努力よりも……運命を信じている。

「私が東京にいない間……沙優ちゃんは吉田君といつでも会うことができる。彼女は、様々な苦難を乗り越えて、自分の力で、その環境を手に入れた。そして……私に、それを邪魔する権利はないと思うの」

私は、胸の中で絡まる糸を一本ずつほどいていくように、順を追って話し出す。

「私だって、私の恋を追ってる。できることはなんだって、するつもり。でも……その行動が沙優ちゃんの恋を邪魔する形になるのは、どうしても避けたい。今、この状況でそういう形になってしまうんだったら、私が今まで吉田君と付き合うことを保留していた意味もなくなっちゃうもの」

時間はかかったけれど、異動が決まって吉田君と物理的に距離を置かなくてはいけなくなったことについては、呑《の》み込むことができた。そして、その間、沙優ちゃんと吉田君がいつでも会うことができるという状況も、受け入れたつもりだ。

しかし……どれだけ吉田君が私のことだけを好きだと言ってくれても、やはり、私は一度、吉田君と沙優ちゃんの〝再生の物語〟の結末をこの目で見ているのだ。

どこか欠けた二人がたまたま出会い、互いの心の隙間を埋め、人生の問題を解決した。そんな運命的なことは、そうそう起こるものではないと思う。

その二人が、ゆっくりと時間をかけて、恋愛感情を育み結ばれることが、ありえないだなんて私は思わない。

「もし二人が結ばれるんだとしたら……それはもう、本当に、どうしようもなく運命みたいなものだと思わない？　私が間に入って、必死に邪魔するようなものじゃ――」

「後藤《ごとう》さん、それ本気で言ってるんですか？」

私の言葉を、三島さんが遮った。

その声は静かだったけれど、迸《ほとばし》るような怒気を伴っていた。隣の神田《かんだ》さんもハッと息を呑むのが分かった。

「できることはなんだってするつもり……だなんて言った舌の根も乾かないうちに、そんなことを言うんですか」

「三島さん……？」

「なんですか、運命って。笑えないです。目の前に欲しいものがあるのに、どうして次から次へと理由を見つけて、手を伸ばさないんですか。今後もそうやって、肝心なところで受け身になって、欲しいものを取りこぼすんですか。手近なところにあるものだけ拾って、自分の人生なんてつまらないと思いながら生きていくんですか」

三島さんの言葉が熱を帯びていく。彼女は怒っていた。それも……ものすごく。

「三島ちゃん、言い過ぎ」

私に対していつも散々〝言い過ぎ〟ている神田さんですら、少し狼狽した様子で三島さんを制止するが、彼女は止まらなかった。

「やっぱり嫌いですよ、後藤さんのそういうところ。全部見透かしたような顔して、目の前のことはなんにも見えてなくて！　すべての人に対して大人ぶらないといられないんですか？　結局、沙優ちゃんに対してもかっこつけてたいってだけですよね。いいオトナでいたいんですよね？　そうやってかっこつけて、目の前にあった幸せを取り逃がして、最終的には『それが運命だった』ですか？　ふざけるのもいい加減にしてくださいよ！」

「三島ちゃん、どう、どう」

「神田先輩はムカつかないんですか！」

　半泣きになりながら三島さんが私を思い切り指さした。神田さんは若干焦ったような顔で三島さんの話を聞いていたにもかかわらず、彼女のそのジェスチャーを見て噴き出してしまう。

「こら、上司を指ささないの。……まあ、三島ちゃんの言ってることにはあたしも全面同意ですけどね」

　じとっ、とした視線をこちらに向けてくる神田さん。

　……分かっている。彼女の言うことは、すべて、正しい。そう思った。

　三島さんは涙を拭《ふ》きながら、鼻の詰まった声で言う。

「こういうふうにキレたくなかったから黙ってたのに……結局ですよ……もう、最悪……」

「……ごめんなさい」

「謝るくらいなら……ッ！」

　大声を出しかけて、三島さんはぐっ、と奥歯を嚙《か》み締《し》めるように顔面に力を入れた。

　そして、ため息をつく。

「……いまさら大人ぶらないでくださいよ」

　三島さんはそう言って、私を上目遣い気味に睨《にら》みつけた。

「あなたという人がいたせいで……私はフラれたんですよ」

　その言葉で、ハッとする。そして、彼女がここまで怒る理由の一端を、ようやく理解できたような気がした。

　私は……彼女が失った恋を、まだ追いかけられる立場にいるというのに、すべてを〝運命〟という言葉で片づけて結局何もせずにいようとしている。そんなの、彼女からしたら、許せるはずもなかった。

　そして……そういう気持ちを抱えながら、それでも、三島さんは、私のことを激励してくれているのだ。

「なに、後藤さんがいなかったら自分が吉田と付き合えてたって？」

　私が三島さんの発言に複雑な心境になっている間に、神田さんはにんまりと笑って三島さんを横目で見た。

「それはちょっと思い上がりなんじゃなーい？」

「意地悪な茶々入れないでくださいよ。そりゃ確証なんてないですけど、少なくとも失恋確定！　みたいな戦いになることもなかったでしょう」

「えー、どうかなぁ」

神田さんは依然としてにまにまと笑いながら三島さんを詰めている。きっと、場を和ませてくれているのだろうと思ったけれど、今は、そんな気遣いにすら胸を締め付けられる。

自分の幼稚さを、思い知らされるような気持ちだった。

「まあ、ね。三島ちゃんの言いたいことは痛いほど分かりますよ、あたしもね」

神田さんはそう言って、横目で私を見る。

「あたしも、自業自得とはいえ、チャンスを失うことにはなった。後藤さんの恋愛はね、たくさんの〝敗者〟を作ったといえなくもない。そんな人がさぁ、今更一人の女の子に遠慮してるのを見たら、一言言ってやりたくなるのも分かる」

神田さんがそう言うのを、三島さんは所在なげに視線をうろつかせながら聞いていた。

「でも、なんというか……後藤さんがその、沙優ちゃん？　に対して非情になれないのは、『大人ぶってる』っていう言葉だけで片付けていい感情なのかは、あたしには分かんないけどね」

神田さんはそう言って、私と三島さんを交互に見る。

「思うに……二人はあたしと違って、直接沙優ちゃんと関わって、その人となりを知っているんでしょ？　そして、多分、二人とも……その子のことが好きだ」

整理するように話す神田さんを見ながら、私は思わず目を細めてしまう。彼女は一体、どれだけ深く他人のことを見つめているのだろう。いつもおちゃらけているのに、たまにこうして真面目に話すときは、その口からは本質を突く言葉だけが出力されているような気がしてしまう。

私も三島さんも、彼女の言葉を黙って聞いていた。

「で、あれば……『吉田と付き合いたい』と『沙優ちゃんの恋を邪魔したいわけじゃない』の二つの気持ちは、同時に心の中にあってもおかしくないんじゃない？」

神田さんはそこまで言ってから、フ、と鼻から息を吐きながら右の口角をクイ、と上げて見せた。

「と、『後藤さんの気持ちも尊重してあげたいと思っている方の私』は言うとりますわ」

その言葉に、私と三島さんはほぼ同時に噴き出した。

「……そうじゃない方の神田さんは？」

「『両想いならさっさと付き合えよバカ』と言うとります」

乱暴な言葉ではありつつ、その根底にあたたかな優しさを感じて、私は自然と微笑《ほほえ》んでしまう。

「最近はなんか、恋愛感情の部分ばっかりにフォーカスして話してた気がするけど……大事にしたい気持ちは全部大事にしたらいいいんじゃない？　その結果どうなるかなんてのは自己責任でしょ」

神田さんはそう言って、手に持ったグラスをぐい、と傾けて中身のウィスキーを飲み干した。

「ま、そうやってモタモタしててフラれたらあたしは思い切り笑ってやるけどね」

彼女はそこまで言ってから、大声で「すみませーん！」と店員を呼び、またラフロイグのロックを頼んだ。

向かいに座る三島さんは、ぐすぐすと洟《はな》をすすりながら私をじっと見た。それから、ぺこりと頭を下げる。

「ごめんなさい、言いすぎました」

「いいえ……いいのよ」

しおらしく謝られて、私もゆっくりとかぶりを振る。

謝られるようなことではない。むしろ、私が謝るべきなのである。けれど……私が謝罪の言葉を口にするのも、この状況で正しいとも思えない。

私は、吉田君と深く関わるようになり、沙優ちゃんと出会い、それから、神田さんや三島さんとも仲良くなり……その中で、自分の〝驕《おご》り〟に気付かされてばかりだ。

私は、上手くやれていると思っていた。大人の女という仮面をかぶり、ひとに与える印象を完全に操作し、理想の人間でい続けることについては他人よりも秀でているのだと……そう思い込んでいた。

しかし、現実はこうだ。

私は自分の〝見える範囲〟の情報を取って、それを目の前に並べて満足していただけだ。自分の選択が少しずつ何かを変化させ、誰かの人生に影響を及ぼし、それが自分に返ってくるということをちっとも理解していなかった。井の中の蛙《かわず》、という言葉が思い浮かび、ただただ恥ずかしくなる。

「私、いつも誰かに背中を押されてばかりね。それでいて、ちょっと何かが変わった気がして、それだけで満足して……」

「ほんとにねぇ」

私の言葉に、神田さんは肩をすくめてみせる。

「私の行動が、誰かの人生に影響することなんてないと思ってた。私が何をしたところで、たいていのことは私に関係なく決まると思ってたし、そうあることが自然だって、ずっと思いながら生きてきた」

そこにあるものを、あるがまま受け入れる。そうすれば、自分の行動や、努力について、考えなくて済むから。行動で結果を変えていく人たちは、私から見たらただただ眩《まぶ》しくて、そうあることは自分にはできないと決めつけた。なぜなら、私はそういう星のもとには生まれてこなかったから。

なんて言い訳だらけの人生なのだろう。

「欲しいものがあるのなら……変えなくてはダメね。自分も……他人ですらも」

「変えられないことの方が多いけどね」

そう口にした私に否定的な言葉を返す神田さんだったけれど、その言葉の中にはどこか肯定的な色が含まれているように感じられた。

「それでも、私は……今まで、そういう努力を、してこなすぎたから」

「ようやくする気になった？」

「ええ、あなたたちのおかげで」

「そ」

神田さんはくすっ、と鼻を鳴らして、三島さんの方をちらりと見た。

三島さんは視線を神田さんと私の間で行ったり来たりさせたのちに、バツが悪そうにずっ、と洟をすする。

「……なんか。吹っ切れない後藤さんにイラついてたんですけど、いざ覚悟を決めたところを見せられても、それはそれでムカつきますね」

「ぶはっ」

三島さんの言葉に、神田さんは思い切り噴き出した。

「あはは、分かるよ、三島ちゃん、分かる」

「もう！　ぐいぐい背中押してきたと思ったら次にはそういうこと言って！　どっちなのよ」

「どっちもだよ、どっちも。そろそろ分かりなよ」

神田さんはけらけらと笑いながら私の背中をばしっ、と叩《たた》いた。

「後藤さんが思ってるほど、人の心ってスタンスで割り切れるものじゃないよ。いろんな気持ちが並行してるし、それを簡単に取捨選択できるわけでもないし」

彼女はそこまで言ってぐい、とウイスキーをあおる。

それから、ニッと片方の口角を持ち上げてみせた。

「でもま、どの気持ちを一番大事にするかだけは、真剣に悩んだ方がいいんじゃない？」

その言葉に、私は無言で、深く頷《うなず》いた。

その後、神田さんは「なんもないけどね」と連呼しながら、なんだかんだで仙台《せんだい》の美味《おい》しいご飯の店や、本人曰《いわ》く「他の名所と比べたら微妙な」仙台の観光地などを教えてくれた。

本社を離れることや、吉田君との物理的な距離があいてしまうことへの不安ばかりが先行していたけれど、こうして仙台という場所について教えてもらうことで、少しだけ前向きな気持ちになれたような気がする。

三島さんも「後藤さんがいないっていうのはなんか気が抜けちゃいますね」と、喜んでいいのか微妙なことを言っていたけれど、それもなんだか嬉《うれ》しかった。

飲み会を終え、一人で帰路につく。春先の少しだけ湿った空気を吸っていると、冬を終えてあたたかくなってきたというのに切ない感情にさせられる。

私は、いつでも、無自覚だった。

無自覚でいようとしていた。

選択しないフリをして、消極的な選択をしてきた。

〝選ばない〟ことも選択の一つであると、本当は気付いていた。

〝欲しがらない〟からといって、〝失わない〟とは限らないと、本当は知っていた。

本当は分かっていることを、実感をもって理解するまでに……こんなにも時間がかかってしまった。

いい加減、自分の気持ちにまっすぐ向き合わなければならない。根本が間違っていたのだ。恋に前向きになる、とか、欲しいものをちゃんと欲しいと言う、とか……そういう段階に、私はまだいない。

私は長らく、〝他人から見た自分〟というフィルターを通してしか、自身を見つめてこなかった。だからこそ、自分の中の感情を直視して、それらを自分の手で積み上げたり崩したりするやり方を知らない。知らないまま目の前の処理できない〝恋〟に向き合ったばかりに、私は根本的な問題を差し置いて、高揚感のままに動き、そして……結局まだ、何も得られていない。

あれだけ吉田君に気を遣われて、あれだけ神田さんや三島さんから背中を押されたにもかかわらず、だ。

私は……私自身を、否定しなければならない。それを終えたら、肯定しなければならない。嫌いなところを見つめ、好きな自分になる努力をしなければならない。

そうしなければ前に進めないのだと、もう分かってしまったから。

『でも、なんというか……後藤さんがその、沙優ちゃん？　に対して非情になれないのは、〝大人ぶってる〟っていう言葉だけで片付けていい感情なのかは、あたしには分かんないけどね』

神田さんの言葉が脳裏に浮かぶ。

私は、沙優ちゃんが会いに来てくれたあの日に、彼女へ遠慮することをやめると心に決めた。それでも……やっぱり、彼女から強引にその恋を奪い取る覚悟は、できていなかった。

決して、遠慮しているわけではない。けれどそうできないのは……。

きっと、神田さんが言った通り……私も、沙優ちゃんのことが、とっくに好きになっているからだ。

彼女の失恋のトリガーを、自分で引いてしまうのが、怖くなっているのだ。そんなことをして傷付けるくらいなら、自分が身を引いた方がいいのでは……という気持ちが、どこかにあるからだ。

でも……それと同じくらい、吉田君のことを好きだという大きな気持ちもある。

きっと、沙優ちゃんのことを優先して吉田君との恋を失ったら……私は後悔する。そして、それをずっと引きずることになると、分かっている。

歩きながら、胸の奥が痛んだ。目の奥が熱くなるのが分かって、私は慌ててぱちぱちと瞬《まばた》きをした。深く息を吸い込む。こみあげたものが落ち着いていくのが分かった。

泣いている場合じゃない。

きっと……こういう葛藤《かっとう》を、誰もが、とっくに、終えてきた。私はそれをずっと避けて通ってきたから、いま苦しんでいる。

選択するのだ。選択するために……考えるのだ。

私には……その必要があると思った。自分のためにも……私に関わってくれたすべての人のためにも。

7話 観覧車

沙優《さゆ》の上京、後藤《ごとう》さんの異動……と、めまぐるしく状況は変化したものの。日常のすべてが激変したというわけでもない、というのが不思議な感覚だった。

仕事に明け暮れている間にどんどんと日付は進んでいき、気が付けば翌週の頭には後藤さんは異動していってしまう。

後藤さんは、先週末ごろに「来週末はデートしない？」と俺を誘ったけれど、彼女には異動の準備があるわけで、週末とはいえ土日は荷造りに時間を使わなければならない。そういった都合もあり、俺たちは金曜日の午後に半休を取りその時間にデートをすることとした。

他の社員には「今日の午後は有休だから」と伝え、自分の仕事は終わらせたうえで退社したが、後藤さんも同じタイミングで退社していることを、橋本《はしもと》や三島《みしま》は見逃さないだろうと思う。まあ……別に、構わない。二人にはとっくに、俺たちの恋愛については知られているのだから今さら恥ずかしがることでもないだろうと思う。

「初めて来たけど、こんなに都会なのね」

隣を歩く後藤さんがそう言うので、俺は頷きながら彼女と同じように辺りを見回した。

俺たちはいま、みなとみらいを歩いている。

後藤さんの言うように「かなり都会」という印象を与えてくるビル街ではありつつ、風にのってかすかに潮の香りがする。ランドマークタワー以外は、あくまで〝ビル街と比べて〟ではあるが、背の高いビルは少なく、「栄えているなぁ」と感じつつもゴミゴミとした窮屈さを感じない不思議な街だった。

そこらを行きかう人々もなんだか普段の街よりもオシャレな人ばかりな気がして、少しだけ肩身が狭くなる。その中にちらほらと交ざる、制服を着た女子高生たちも、ばっちりと化粧をしていて、やはり俺の思う——自分が高校生であったころに馴染《なじ》みのある——それとはかなり違って見えた。

「気後れしてる？」

俺の心中を見透かしたように、後藤さんがいたずらっぽい表情で訊《き》いてくる。

「まあ……はい。俺、あんまりオシャレでもないし、こういうとこ、来ないし……」

首の後ろを掻きながらそう答えると、後藤さんはくすくすと笑った。

「私もよ」

「後藤さんはオシャレでしょう！」

俺は思わず大きな声で返してしまう。

スーツ姿だと味気ない、と後藤さんが言うので、俺たちは退社したのちに一度帰宅してから改めて待ち合わせをした。

後藤さんは黒のぴっちりとしたノースリーブニットの上に、何でできているのか分からないほどに薄手の――若干透けている――シャツ？　を羽織って、下は同じく薄い生地の白い膝《ひざ》下丈のスカートを穿《は》いている。少しかかとの高い黒いヒールが白いスカートと対照の色味を放って、より存在感を増していた。

いつもの後藤さんのイメージよりも少し……他に言葉が浮かばないのではっきり言うと、若々しく見えるファッションだったけれど、それをうまく着こなしているところが憎らしい。どう見たって、オシャレな人間、であった。

「後藤さんは普段からこういうとこ来るんじゃないんですか、オシャレな服着て」

「なぁにそれ、私だって吉田《よしだ》君と同じよ」

「同じって？」

「休日は家でお酒飲みながら、部屋着から着替えることもなく終わったりとか？」

あまり想像のつかない話をされて頭が混乱するが、彼女はお構いなしに続けた。

「なんとなくこういうオシャレな街にあこがれはあるけど、いざ来てみるとそのへんを歩いてる人までオシャレに見えて気後れしたり？　デートの相手が思ったよりもオシャレな服着て来て、自分はオシャレに見られてるかどうか不安になったり？」

そこまで言って、流し目でこちらを見る後藤さん。俺は参ってしまい、コクコクと首を縦に振るしかない。

「……大体同じですね」

「でしょ？　この服だって、先週末にわざわざ買いに行って、ほとんど店員さんに決めてもらったんだから……」

「え……」

思わずぽかんと口を開けてしまう俺を見て、後藤さんは首を傾《かし》げた。

「なに？」

「いや、その……」

顔が赤くなるのを感じながら、俺はぼそぼそと答えた。

「俺も……この服、そうだったので……」

今度は後藤さんがぽかんとした表情を浮かべ、それから、こらえきれないとばかりに笑い出した。

「あはは、ほんと、ダメなオトナね、私たち」

「そうっすね……」

後藤さんがくすくすと笑い続けるのを聞きながら、俺も少しずつ緊張がほぐれるのを感じた。

こうして後藤さんとデートをするのも初めてではないというのに、今回も例に漏れず俺はガチガチに緊張してしまっていた。

このデートを終えたら、本当に、彼女は仙台《せんだい》に行ってしまうのだ。もちろん、こちらから会いに行くつもりはあるが、今までのように毎日顔を見られるわけではない。

今日くらいは、いいデートにして、楽しく過ごしたいものだった。

「じゃあ、お互いに見栄張ってたのが分かったところで、そろそろ肩の力抜いて歩きますか」

俺が言うと、後藤さんはどこか嬉《うれ》しそうに頷《うなず》いた。

「ええ。大丈夫、吉田君、とてもオシャレよ」

「後藤さんも」

二人で笑い合って、みなとみらいの街を歩いた。目的地は、待ち合わせた地下鉄駅から徒歩十数分ほどの距離にある遊園地である。

遊園地は、思ったよりも空いていた。もちろん、ガラガラというわけではないのだが、〝遊園地〟で思い浮かべる人混みとは程遠い。子供連れもちらほらといるものの、基本的には皆デートで来ているのが分かる。

「落ち着いた雰囲気ね、思ったより」

「ええ。良かったんですか？　こういうので」

俺が訊くと、後藤さんは「もちろん」と無邪気に笑った。

というのも、ここに来ることになったのは後藤さんが「せっかくだし、遊園地にでも行ってみる？」と言い出したからなのである。

遊園地というものにあまりに馴染みがない俺は、慌てて大人のデートスポットにもなる遊園地を探したのだった。なにぶん、直近の遊園地の思い出は千葉にある世界的キャラクターがテーマの遊園地であったし、あそこに後藤さんと二人で行ってはしゃぐのはあまりに想像がつかなかったからだ。

「アトラクション、何か乗りたいものあります？」

「んー、一番は観覧車だけど……」

後藤さんが言うのに合わせて、心臓がドキリと脈打つのが分かった。後藤さんと二人で観覧車。この遊園地に決めた時点で、大観覧車が目玉の施設であることも分かっていたので、心のどこかで期待していたところはあったが……こうしてあっけらかんと口に出されるとやはりドキドキしてしまう。

「観覧車は夕方以降の方が絶対綺麗《きれい》だものね？」

「え？　ああ、はい……そうですね、絶対」

「どうしたの？」

「なんでもないです、はい」

暗くなってから、観覧車に、後藤さんと。脳内がバグりかけて、カタコトの返事になってしまった。

「夕方になるまではのんびり歩き回ってみる？　ジェットコースターとかはちょっと苦手だから、ゆったり乗れそうなものがあったら乗ってみる感じで」

「分かりました。そうしましょう」

ようやく平常心を取り戻し、頷く。後藤さんがジェットコースターが苦手、という追加情報も得られて、少し嬉しい気持ちになった。ジェットコースターに乗ってはしゃいでいる後藤さんは――それはそれで見てみたいような気もするが――あまり想像がつかなかった。

初めて訪れた遊園地を後藤さんと二人で歩くのは楽しかった。

高校生の頃に友達と行った遊園地では、次々とアトラクションの列に並び、その間は学校のことや部活のこと、誰と誰が好き合っているなどの恋愛話……尽きない話題で駄弁《だべ》ったりした。そして、待っている時間の数十分の一にも満たない時間で終わってしまうアトラクションで大はしゃぎしたものだ。あれはあれでとても楽しかった記憶があるけれど、この歳になるとどうしてもそれと同じ楽しみ方で遊園地を満喫できる気はしない。憧《あこが》れの女性と二人で、となればなおさらだ。

ゆったりと他愛《たわい》のない会話をしながら、飲み物を片手に遊園地内を散策する。やはり〝遊園地〟というだけあって、メインのアトラクションはコースター形式のものが多かったが、いくつかゆったりと楽しめるものもあった。中でも万華鏡を活用した迷路のアトラクションは、幻想的な雰囲気を楽しみながらも本筋である〝迷路内のスタンプを探す〟というのも面白く、久々に〝ひとと一緒に遊んだ〟という感覚を味わった。

お化け屋敷の前を通りかかり、「入ってみます？」と訊くと見たことのないような表情で首をぶんぶんと横に振る後藤さんを見て愛おしい気持ちになったり。メリーゴーランドに乗りたいと言い出したくせにいざ乗ると恥ずかしそうにする後藤さんと一緒に俺も恥ずかしくなったり……。

今までの食事や旅行が中心のデートよりも、後藤さんのいろいろな表情を隣で見ることができて、俺は思っていた以上にドキドキしながらこの時間を楽しめている気がした。

次から次へとアトラクションを楽しむ……というような遊び方をしたわけでもなかったのに、ゆったりとしながらもあっという間に時間は流れ、気が付けば日没が近かった。

フードコートで軽めの夕食を摂り、一息ついたところで後藤さんがもじもじと口を開く。

「そろそろ……観覧車乗る？」

今までも十分ドキドキしていたはずなのだが、その言葉で俺の心拍数が激しく高まるのを感じた。

俺だけでなく、後藤さんの方も緊張し始めているのが伝わってくる。そうすると俺も余計に緊張してしまって、観覧車のチケットを買って、乗り込むまで二人とも無言になってしまった。

いざ乗るぞ、となると観覧車の存在感はすごかった。何度もテレビドラマで見たことのある、大きなそれは、同じくテレビで見たように虹色《にじいろ》のライトアップを始めている。

観覧車に乗るのなんていつぶりだろうか。高校生の頃に行ったテーマパークにはそもそも観覧車というものがなかったから、小さい頃に親に連れて行ってもらった、もう名前すら覚えていない遊園地で乗ったのが最後かもしれない。

観覧車はゆっくりと動き、「少しずつ地面から離れている」と思っているうちに、気が付けばかなりの高度に上がっている。独特な時間の流れ方だと感じた。

地上がすっかり遠くなった頃に、後藤さんがようやく口を開く。

「綺麗ね」

目を細めながら、外の景色に見惚《みと》れる後藤さん。俺は下ばかり見ていたものだから、後藤さんの視線を追うようにした。

まだ夕日が落ちきってはいないものの、ビルに灯《とも》る光の数々がちらちらと輝いていて、地上から見上げるそれとは違う美しさを放っていた。テレビなんかで、アメリカなどの高層ビルから望む夜の絶景……などという映像を見せられても、俺はそのたび「でもこれ全部ただのライトだって分かってるのに、そんなに綺麗なものなのか」なんて冷めたことを考えていたものだったが。こうして実際に見ると、なるほど確かに綺麗だ。

「ええ、とても」

俺が頷くと、後藤さんが横目に俺を見るのが分かった。

「こんなふうに吉田君と観覧車に乗るなんて、数年前の私は想像してもみなかったわ」

「そんなの、俺だってそうです」

俺がそう答えるのを聞いて、後藤さんはくすくすと笑う。「それは、そうかもね」と言ってから、すうと鼻から息を吐いて、言葉を続ける。

「でも、きっと吉田君よりもずっと、私の方が驚いてると思う」

「なんでそんなことが分かるんですか」

少しムッとした声が出てしまうが、後藤さんは気にした様子もなく俺を見て笑った。

「ずっと……自分で〝選んで〟後手に回ってきたからよ、なにもかも」

やけにはっきりと、彼女はそう言った。けれど、俺には言葉の意味を摑《つか》み切れず、小さく首を傾げることしかできない。

「吉田君に告白された時、本当は嬉しかった。でも私は現状維持を選んで、あなたの告白を断った。あの時素直に受け入れていれば、何もかもが変わっていたかもしれない」

後藤さんは観覧車の外に視線を向けたまま淡々と語る。

「吉田君が沙優ちゃんと暮らしているのを知った時も……私は沙優ちゃんとあなたに感情移入したフリをして……いや、感情移入したのは、本当だけれど。その気持ちを理由にして、大人としての対応を怠った。そのこと自体を後悔したりなんてしていないけど……あの時の私の判断も、結局、自分自身で自分の欲しいものを遠ざけた」

〝自分の過ち〟を語る後藤さんだったが……その声色はずいぶんとさっぱりしていた。それらをすっかり、受け入れているように。そうして自分のことを語る後藤さんは、どこかいつもより美しく見えた。

「ずっと……ずっと、そうやって生きてきた。これからもそうなんじゃないかと思ってた。でもね……」

後藤さんはそこまで言って、俺の方をおだやかな表情で見つめた。

「あなたと出会って、あなたを通じて、たくさんの人と出会って……私も、少しずつ変わり始めたみたい。その結果、吉田君ともこうして前より近づけた」

彼女からそんな言葉が出たことに、俺は驚いて、すぐに言葉が出なかった。

後藤さんは、変わった。そうなのかもしれない。そんな風に考えたことがなかったのは、きっと、沙優が北海道に帰ってから、急速に後藤さんとの距離が近づいたからだ。

後藤さんに恋をし、告白をしてフラれ、かと思えば沙優を家に置くようになった途端に、後藤さんからのアプローチが増えた。でも、その〝アプローチ〟というのも、こちらの気を引くだけ引いて、結局肝心なことは口にしてくれず、行動もしてくれず……という、そういう遠回しなものだったように思う。俺はそんな彼女の態度にひどく苛《いら》つきつつ、それでも嫌いにはなれなかった。

ただ……俺にとっては、その一連の流れが、きっと、〝大きすぎた〟のだ。

後藤愛依梨《あいり》という人は、言い方は悪いが、〝そういうやり口〟なのだ。と……決めつけてしまっていたのかもしれない。

食事に誘ってくれる回数が増えたのも、京都旅行に誘ってくれたのも……よくよく考えれば、後藤さんからの大きなアクションだった。期待を膨らませて向かった旅行で、結局後藤さんが俺の欲しい言葉をくれなくて、俺は子供っぽく怒りをあらわにしてしまったけれど……そもそも、二人で旅行に行けたこと自体が、それまでで考えれば奇跡のような出来事だったのではないか。

後藤さんだって、変わっている。少しずつ。

それに対して……俺は、どうなのだろうか。

「だから……今回ばかりははっきり言っておくわね」

後藤さんは窓の外に向けていた身体《からだ》ごと俺の方に向き直って、言った。

「異動したとしても、私、あなたのこと諦《あきら》めないわよ」

じわり、と胸の中で何かあたたかい感情が膨らむのを感じた。嬉《うれ》しい、という言葉だけでは表せない感情だ。しかしそれと同時に、「諦めない」という表現に、違和感を覚える。

諦めるも何も……。

と、思ったところで、後藤さんはその思考を読んだように言葉を続ける。

「……沙優ちゃんも、いるでしょ？」

その言葉に、心の中に広がっていたあたたかな気持ちが、しゅるしゅると音を立ててしぼんでいくのを感じた。また、その話か。

落胆の表情がありありと浮かんでしまったのか、後藤さんは少し切なそうに眉《まゆ》を寄せて、かぶりを振った。

「ごめんなさい。前にも言ったけど……あなたのことを信じてないわけじゃないのよ」

「分かってますよ……でも、後藤さんが、万が一にも俺が沙優の方に気持ちを移す可能性を考えているのが、ちょっとつらくて」

「……そうよね。ごめんなさい」

謝らせたいわけではない。そうさせてしまったことに胸が痛んだ。けれど、言わずにもいられなかった。恋を前にすると、どうしてこうも子供じみてしまうのか。

「でもね、さっきも言ったけど……人って、変わるのよ？」

後藤さんは、おだやかでいてはっきりと、そう言った。

「私は、少しずつ、変わることができたと思う。そのことを、嬉しく思ってる。でも……それは、私の意志で生み出した力じゃない。あなたたちとの出会いで、自然と、そうなっただけなの」

後藤さんはそう言って、くすりと笑った。

「その途中で、自分が変わり始めてることになんて、気が付かない。だって、私、いつだって自分は他人から見た〝理想の大人の女〟でいられてるって思ってたのよ？　とっくに、そんなメッキは剝《は》がれてたのに」

そう言われると、俺も苦笑を漏らすほかになかった。確かに、俺の中でも、後藤さんのイメージは数年前のそれとはもはやかけ離れている。

「自分が〝こうあろう〟とする意志なんて……誰かと関わっていくうちに、いとも簡単に崩れてる。自分自身が、それを良しとしなくても」

後藤さんの瞳《ひとみ》が、容赦なく俺を覗《のぞ》き込んでくる。先ほどまでのおだやかな雰囲気とは、どこか違う、何かを強く訴えかけるかのようなその力強さに、俺は気圧されてしまった。

「あなたも、変わった。誰が見ても分かるくらいに、変わったわ」

「……」

言葉が出てこない。変わったことは、俺自身が理解している。だからこそ、彼女の言葉の続きは、容易に想像ができて、苦しかった。

「あなたは、誰に変えてもらったの？」

容赦なく突き付けられるその問いに、俺は答えることができなかった。答えられないことが、明確な答えだと、両者が理解していた。

「これから……誰と一緒に、変わっていきたい？」

「そんなの……！」

そんなの、後藤さんに決まっている、と口にしようとした俺を制止するように、彼女は俺の唇を人差し指でそっと押さえた。

「それを……これから、ゆっくり、考えてほしいの」

「……ッ」

ずるい、と、思った。

やはり、俺はこの人に口で勝つことができない。

「諦めないって言ったのに……」

俺が小さく呟《つぶや》くと、後藤さんは困ったように笑った。

「もちろん、諦めてなんかない」

「なのに沙優に塩を送るじゃないですか」

「塩を送ってるわけじゃないわ。沙優ちゃんの恋にも、ちゃんと向き合ってほしいだけ」

冷静でいようとしたが、頭の奥がカッとするのが分かった。

「それで俺が本当に沙優のことを選んだとして、後藤さんはそれでいいんですか!?」

俺がつい大声を出してしまうのに、後藤さんはグッと奥歯を噛《か》みしめるようにしてから、ゆっくりと言った。

「よくないに決まってるでしょ。でも……前に話した通り。沙優ちゃんと吉田君の結論がつく前にあなたのことを勢いのまま奪ってしまおうとも、思えない」

「そうしなければ失うかもしれなくても、ですか？」

「……ええ、そうよ」

後藤さんは、はっきりとそう言った。

「今度は、逃げてない。私の中に二つある、本当の気持ちなの」

そんなの、ずるいじゃないか。そう言いたかったけれど、言えなかった。

まっすぐな後藤さんの目を見たら……これを俺に言うために、どれだけの覚悟を決めて来たのかが伝わってきたからだ。

本人も、分かっている。この言葉がどれだけ我儘《わがまま》なものなのか。

自分のことを好きになってほしい。諦める気はない。そう俺に伝えながらも、沙優からのアプローチにもきちんと向き合ってほしい、と彼女は言うのだ。俺が後藤さんのことを好きだと知っているというのに。こんなに我儘なことがあるだろうか。

けれど……こうして、勇気を出して、まっすぐに自分の想いを表明する相手に対して、「じゃあ俺の気持ちはどうなるんですか」だなんて、もう一度以前と同じようなことを言う気にはなれなかった。

すでに、彼女は十分に葛藤《かっとう》しているのだ。俺の中で、沙優という女性が――現状、恋愛感情はないにしても――特別な存在だということは分かっていて、俺のことを大きく変えたのが沙優だということも分かっていて。それらすべてを含み置いた上で、彼女は、それでも今すぐにこの恋の決着をつけようとはしないのだ。

俺だって、分かっている。後藤さんが、俺のことをちゃんと好きでいてくれているのは、とっくに分かっているのだ。ただただ答えを先延ばしにされているだなんて、思っちゃいない。

後藤さんの家に行ったあの日の、彼女の言葉がすべてだ。そして、あの夜よりも、彼女はその想いを強くしている。迷いを断ち切り、自分のスタンスを、俺に改めて提示したのだ。

「……分かりました」

俺は、喉《のど》の奥からひねり出すような声で、答えた。

「……必ず、会いに行きます」

俺が言うのに、後藤さんは優しい笑みを浮かべながら頷《うなず》いた。

「ええ、待ってる。それに、私も、会いに行く」

「それで……後藤さんと会えない時は、沙優とも二人で会ったりしますよ。そういうことで……いいんですよね？」

「……ええ。そうしてほしい」

後藤さんは、ほっとしたように頷いた。

「……はぁ〜」

俺は項垂《うなだ》れて、ぼりぼりと頭を掻《か》いた。

「めちゃくちゃだ、こんな恋は」

「あはは、そうね。ごめんなさい」

噴き出すように笑った後藤さんを、俺は軽く睨《にら》むように見てしまうが、後藤さんはそんな俺を見てさらにくすくすと笑った。

「それでも、許してくれるんだものね。吉田君は優しい」

「許すも何も………だー、もう、クソ」

納得してるわけじゃない！　そう言いたい。しかし、そんなのは後藤さんだってきっと分かっている。俺の考えているようなことは、彼女には透けて見えているに決まっているのだ。

「吉田君、隣行くね」

後藤さんはそう言って、有無を言わせず俺の隣に座った。

それから、俺の右手に、彼女の左手が絡む。あまりに自然と手をつなぐ形になったので、ドキリとする暇もなかった。

彼女の頭がこてん、と俺の右肩にもたれかかってきて、シャンプーなのか香水なのか分からないが、とにかく甘くていい匂いがする。

「あーあ、仙台か。遠く感じちゃうな」

力の抜けた声で、後藤さんはそう言った。

俺は何も答えず、ぎゅ、と彼女の手を強く握る。後藤さんもそれに気が付いたようで、ふふ、と鼻を鳴らしてから、俺の手を同じように握り返した。

観覧車はとっくに下降を始めていた。いつまでも地上に着かなければいいのに、と、思った。

8話

家庭

落ち着かない休日を終え、月曜日になると、後藤《ごとう》さんはオフィスからいなくなっていた。

後藤さんのデスクには、彼女の担当していたプロジェクトを巻き取った代わりの幹部社員が座っている。皆、そのこと自体に不満があるわけではないものの、オフィスの空気は明らかにいつもと違って感じられた。どこかそわそわしているような、落ち着かない雰囲気。ひと一人が替わるだけで、こうもオフィスの空気が変わってしまうとは思わず、どうしても〝後藤さんがいなくなった〟という事実を強く意識せざるを得なかった。

とはいえ、業務はいつも通りこなさなければならない。逆に、状況が変わってしまった時ほど、意図して仕事に集中できるような気がした。

なるべく無駄なことを考えないようにしながらひたすら仕事に打ち込んでいると、あっという間に昼休みになった。

いつものように橋本《はしもと》に誘われて昼休憩に入ると、彼はチャーハンにレンゲを挿し入れながら、苦笑を浮かべた。

「後藤さん、本当にいなくなっちゃったね」

知ってはいたけど、と言いながら、チャーハンを口に含む橋本。

「いざいなくなると、職場の空気が全然違うや」

「本当にな」

相槌《あいづち》を打ちつつ、俺も醤油《しょうゆ》ラーメンを啜《すす》った。

「やっぱ美人は必要だよ、オフィスに」

本気なのか冗談なのか分からない発言をしてから、橋本は俺の方をちらりと見やる。

「……で、吉田《よしだ》はどうするわけ？」

最初からそれが訊《き》きたかったのだと分かる、核心のみを突く一言。

俺はなんでもないことのように答える。

「会いに行くよ。定期的に」

俺の答えを聞いて、橋本は驚いたように何度もぱちくりと瞬きをしてみせた。

「……意外だったな」

「何が」

「吉田はどうせ『仕事があるから』とか言ってうだうだするのかと思ってた」

「……まあ、それは、言われてもしょうがないかもな」

俺は苦笑交じりに頷く。それを見てさらに驚いたようにレンゲを皿の上に置く橋本。

「……なんか、また変わった？　吉田」

橋本の言葉に、いつものような俺を茶化す空気は感じられなかった。

変わったか？　と訊かれると、正直自分では分からない。けれど、前に比べて、自分の今までやってきたことと、これからするべきことの理解は冷静にできているような気がした。

「沙優《さゆ》の時にも、お前に怒られたしな。やるべきことがある時に、仕事を言い訳に使う気はもうないよ」

俺がそう答えるのを聞いて、橋本は「へぇ～」と間の抜けた声を漏らしたのちに、にまにまと笑った。

「そりゃ、ガラにもなく説教こいた甲斐《かい》があったってもんだ」

うんうんと頷いて、橋本はまたチャーハンを口に運び始める。

しばらく無言で二人とも食事を続けたが、突然、「あ」と橋本が声を上げた。

「そういや、アオイさんが吉田に会いたがってるんだけどさ、今日の仕事終わったらうちにメシでも食べに来ない？」

「……はっ？」

アオイさん、というのは橋本の奥さんの名前だ。いつも話にしか聞かない彼女が、俺に会いたがっている？　そして、何度軽口で「家に呼んでくれよ」というようなことを言っても首を縦に振らなかった橋本が突然自分を誘ってくるという状況に困惑した。

「なんだよ、来たがってただろ？」

「いや、それはそうなんだけど……突然すぎてな」

「後藤さんもいなくなって平日はヒマでしょ？　息抜きだと思ってさ」

妙にぐいぐい来る橋本。彼の顔をまじまじと見てみるものの、単純に家に遊びに来いよと誘っている以外の意図は感じられなかった。

まあ、橋本の暮らしぶりはずっと気になっていたことでもあるし、特に断る理由もないので、俺は困惑しながらもおずおずと首を縦に振った。

「まあ……そういうことなら、行こうかな」

「おっけー。アオイさんにも伝えとく」

さっそくスマートフォンを取り出して何やらメッセージを打ち始める橋本。

正直に言って、「？」マークが頭の上から消えないが、今深く考えても何も解決しない。

すでに若干麺《めん》が伸び始めているラーメンを箸《はし》で多めに掴《つか》み、ズルズルと啜る。安っぽい醤油と、小麦の香りが口の中に広がり、なんだか頭の中が落ち着いてくる感覚があった。

まあ、せっかくお呼ばれしたのだから、シンプルに楽しむつもりでお邪魔してみよう、という気持ちになる。

正直、今日は後藤さんがいないことを意識しないようにすることで必死だったのもあり、こうして誘ってもらえるのもありがたいと思った。

「アオイさんもオーケーだって。ほら、『料理がんばる』ってさ、良かったねぇ」

橋本はいつもの薄ら笑いとは違い、完全に頰を緩ませながらメッセージアプリの画面を俺に見せてくる。「料理がんばる」というメッセージのあとに、ぶさいくなパグ犬が両手をグーの形に握りしめているスタンプが貼られていた。なんとも若々しいやりとりに感じられて、こちらも和やかな気持ちになる。

「お世話になります、って伝えといてくれ」

「おっけー、伝えとく」

どこかワクワクとした声色で橋本が言う。

ここまで分かりやすく感情が出ている彼を見るのもなんだか新鮮で、俺も仕事が終わるのが少し楽しみになってきた。

仕事を終え、橋本に合わせてぴったり定時に退社した。

数年ぶりに橋本の車に乗せてもらい、そのまま橋本の家へと直行する。

彼がどのあたりに住んでいるのかは聞いたことがあったので知ってはいたものの、車に乗せてもらいながらまったく普段通らない道を眺めていると、妙にそわそわと落ち着かない気持ちになった。随分長く同僚兼友達をやっているというのに、彼がどんな道を通って出社してくるのかはまったく知らなかったわけだ。そんなのは当然のことなのに、これだけ付き合いの長い友人にもまだまだ知らないことがあるということに、どこか不思議な気持ちになるのだった。

「もう着くよ」

橋本が言うのを聞いて、はっとする。

そういえば、車に乗ってから一言二言くらいしか会話をしていなかったことを思い出す。それだけ長い事お互いに黙っていても気まずく感じない間柄であることも実感する。

橋本の家は会社からひたすらに国道に乗って走り、二十分もしないあたりで小路に入り、そこから五分ほど走った閑静な住宅街の中にあった。

「着いた着いた」

そう言って橋本が車を一時停止させたのは小洒落《こじゃれ》た洋風の一軒家の前だった。

「い、一軒家かよ……」

「言ってなかったっけ？　もちろん、ローンだけど」

なんでもないことのように言いながら、バックで家の前の駐車スペースに車を駐める橋本。

同僚が結婚もした上に持ち家に住んでいる……！

すべてにおいて自分より先を行かれているという事実に打ちひしがれつつ、車を降りる。

車にロックをかけてから、慣れた様子で玄関へ歩いてゆき扉の鍵《かぎ》を開ける橋本を見ていると、これが彼の日常なのだということを理解させられた。

「どうぞ、入って」

「お、お邪魔します……」

橋本が扉を押さえて俺を招き入れるので、気後れしながら玄関に足を踏み入れた。

すると、おそらくリビングにつながっているであろう扉が開き、そこからエプロン姿の、黒髪ロングの女性がひょこっと顔を出す。服装自体に派手さはまったくないものの、女優かモデルか？　と思ってしまうほどに整った顔が突然視界に入って、俺は驚愕《きょうがく》した。

「お、いらっしゃい！　お待ちしてました〜」

「お世話になります……！」

ここ数年で一番、というほどに背筋がピンと伸びて、震える声でそう言ってお辞儀をした。

「手土産もなく申し訳ないです」

「お気になさらず！　どうせその人が急に言い出したんでしょー？　むしろ吉田さん自体が手土産みたいなところあるし」

「……？」

「まあまあ、とにかく上がりなよ」

不可解なことを言われて首を傾《かし》げる俺の背中を、橋本がとんと押した。

おずおずと靴を脱ぎ、再度小さく「お邪魔します……」と言いながら橋本宅にお邪魔する。

思った以上に緊張してしまっていた。

「橋本、お前……」

橋本の奥さんが引っ込んでいったリビングに届かぬよう小さな声で橋本に声をかけると、彼はあっけらかんとした様子で首を傾げた。

「なに？」

「……あんなに美人だなんて聞いてないぞ！」

「え？　いつも言ってたじゃん、美人だよって」

「いや、それはそうだけど……写真とか一切見せてくれないし」

「そりゃね。自慢に思うのとひとに自慢するのは違うから」

橋本はサラッと格好いいことを言ったのちに、にまぁ、と笑う。

「なに、美人すぎて緊張しちゃってんの？」

「そうだよ……ッ！」

俺が反射的に、小声で怒鳴るようにすると橋本はけらけらと笑って、リビングの手前にある洗面所を指さした。

「まあまあ、とりあえず手洗って。大丈夫、僕以外には優しいし、親しみやすい人だから」

「お、おう……えっと、ハンドソープはこれか？」

「そう。消毒液が隣。うちはペーパータオル派だから、その右端にあるやつ使って、拭《ふ》いたら下にあるゴミ箱に捨てて」

「ッス……」

よその家の洗面所で手を洗うだけで妙に緊張してしまう。家でペーパータオル使うヤツっているんだ……なんてことを考える。

俺が手を拭いている間に、橋本も手慣れた手つきで手を洗い、雑に手を拭いて先にリビングに入って行った。

「ほら、吉田も早く」

「お……おう……」

すでになにやらいい匂いがしているリビングの中で、橋本が俺を手招きする。

俺は結局一つも緊張がほぐれないまま、そそくさとリビングに入るのだった。


「この人、何回告白してきたと思います？　十回ですよ、十回。ありえないでしょ！」

豪快に缶ビールを飲んで、カン！　と音を鳴らしてテーブルの上に缶を置き……アオイさんは橋本を何度も指さしながら言った。顔はほんのりと赤くなっており、もともとくだけた口調ではあったものの、声色からも酔っ払い始めているのが分かる。

テーブルの上には、取り分けられずにいる夕ご飯がたくさん残っていた。橋本のスマートフォンに届いていた『料理がんばる』というメッセージの通り、明らかに三人で食べきれるような量ではない手料理が準備されていたのだ。「残ったら弁当に詰めるだけなんで気にしないでー！」とあっけらかんと言うアオイさんは、なんだか、思い描いていた橋本の奥さんのイメージとはかけ離れていて、面白かった。

というのも、橋本からは「美人で、清楚《せいそ》で、サバサバしてて、決断力もあって、非の打ちどころがない人なんだよ」というようなことしか聞いていなかったのだ。今日話してみた限りだと、前半部分よりも「サバサバしている」の部分の方が強く感じられるのだが……昔から彼女と関わりのある橋本にとっては、また違う印象なのかもしれない。

「ちょっと盛ったでしょ。そんなに告白してないよ」

橋本は苦笑交じりにそう言ったが、アオイさんは「いーや！」と声を大きくする。

「冗談めかして言ったのも含めたら十回だから！」

「そういうのは告白に数えないんだよ。ジャブみたいなもん」

「告白されたかどうかはこっちが決めるんですぅー！　マジでキモかったんだから」

「ひどいと思わない？」

橋本はやれやれ、といった様子でこちらに水を向けたけれど、俺は苦笑するほかない。

「仲良いんですね……」

正直な感想を漏らすと、橋本は「あはは」と笑い、アオイさんは思い切りイヤそうな顔をしてみせた。

「まあ、付き合いだけは長いですから」

アオイさんは吐き捨てるようにそう言ってから、橋本を一瞥《いちべつ》した。

「高校二年生の時に、この人と同じクラスでね？」

「えっ！　大学の頃に知り合ったんじゃなかったんですか!?」

橋本からは、「大学時代に猛アタックしたけどフラれまくった」と聞いていたものだから、俺は大きな声で驚いてしまう。

「知り合ったのは高校の時ですよ。ちなみに高三の時に一回告白されてる」

アオイさんはうんざりしたように、手をひらひらと振りながら答えた。

俺は、純粋に浮かんだ疑問を口に出す。

「ちなみに……なんでその時は断ったんですか？」

そう訊《き》くと、橋本は「ああ、そういえば」と呟《つぶや》いてから興味深そうにアオイさんを見つめる。

「付き合ってくれた理由は聞いたけど、最初にフラれた理由は聞いたことなかったな。なんでだったわけ？」

橋本にも訊かれて、アオイさんはバツが悪そうに俺と橋本とを交互に見た。心なしか、さっきまでよりも顔が赤いような気がする。

「なんでってそりゃ……本気じゃないと思ったから……」

「ええ？　そんなチャラついた告白した覚えないけど？」

「そうじゃなくて！　キミ、めちゃくちゃモテてたじゃん」

「それ、なんか関係あるわけ？」

モテていたことは否定しないのが橋本らしい、と思った。それはさておき、俺にとっても興味深い話なので、無駄な口を挟まずに、聴きの姿勢に回った。

「いや、だからさぁ。記念受験的な？　そういう感じなのかと思ったんだよ」

「『僕モテるし、学年で一番イケてる女子の城里生葵《きりうあおい》さんに告白してみたらオッケーもらえるかも！』みたいなこと？」

「そう！」

そっちも否定しないのか、と笑いそうになったが……まあ、彼女がモテるのは想像に難くないことだった。お世辞抜きに、「実は芸能人です」と言われても驚かないルックスだと思う。整っていないパーツが存在しない顔ってあるんだなぁ、というようなことを考えてしまう。それに加えて、この明るい性格と、親しみやすさである。高校時代もさぞモテたことであろう。

「なるほどね、そんな風に思ってたわけだ、傷付いちゃうな」

橋本はくすくすと笑いながらそう言ってから、首を傾げた。

「え、じゃあさ、仮にその時、僕が真剣に告白してる！　って伝わってたらＯＫしてくれてたわけ？」

「ンなわけないじゃん。全然興味なかったもん」

「……分かってたけど傷付くなぁ」

「言うほど傷付いてないでしょ」

アオイさんはスッと鼻を鳴らして、また缶ビールをあおった。それから、中身がなくなったことを確認して、流れるような動作で空き缶を流しに置き、冷蔵庫から新しいビールを取り出す。

「キミに興味なかったっていうのももちろんなんだけど、そもそも恋愛にあんま興味なかったんだよね。女子同士で遊んでるほうが楽しかったっていうか」

「そういう感じはあったかもね」

くぴくぴとビールを飲むアオイさんを横目に、橋本は鼻を鳴らした。

そんな二人の会話を聞きながら、俺はまたも、ふと疑問に思ったことを口にする。

「どういう心境の変化だったんですか？」

口に出してから、あまりにその言葉が断片的で、自分でも慌ててしまう。補足をしようと口を開こうとするのと同時に、アオイさんは「なにが？」と首を傾げた。彼女は基本俺に敬語を使っていたけれど、ときどきこうやってタメ口が出る。気安い、というのとは違うのだけれど、なんだかグッと距離が近くなるような感じがして、少し照れ臭かった。

「いや、その……恋愛に興味なくて、橋本にも興味なくて……なのに、結局付き合うことにしたんですよね？」

俺がそこまで言うと、アオイさんは「あー」と声を漏らしてから、数度、橋本の方をちらちらと見た。

「んー……なんて言うべきなんだろ」

アオイさんはビールを口に含み、嚥下《えんげ》し、「んー」と唸《うな》る……という動作を三回ほど繰り返したのちに、言った。

「……まあ、『折れた』？　みたいな？」

「お、折れた？」

今までの会話の流れから、ここでロマンチックな返答が来るとは思っていなかったけれど、予想していたよりもずっと消極的な言葉が飛び出して面食らってしまう。

「んや～、九回フッてもまだ告白してきたら、さすがに本気なんだなぁって思ったし……本気なら付き合ってみてもいいかなって思ったんですよね」

アオイさんはそう言ってから、鼻先を人差し指でスリスリと擦《さす》ったのちに、橋本に「ねっ！」と照れ隠しのように言った。

「うん。実のところ、僕も『ようやく折れてくれたか』って思ったもの」

橋本も苦笑しながらそう言った。

「そういう……もんなんだなぁ……」

俺はどうにも上手く相槌《あいづち》が打てず、曖昧《あいまい》に言葉を濁してしまう。それを見て橋本はけらけらと笑った。

「ま、吉田にはピンと来ないだろうねぇ」

「真面目そうだしねぇ」

橋本の言葉に赤ら顔のアオイさんも続く。この場合の「真面目そう」は、あまり良い意味で言われていないような気がした。

こうして会話していると、二人の関係が良好なことも分かるし、とても幸せな結婚生活に見えた。しかし、それの始まりが『度重なる告白に折れて了承』であった……というのが、どうにも想像がつかないのだ。

「僕はねぇ、自分本位なんだよね」

俺が難しい顔をしているのに気付いてか、橋本はじっと俺を見たまま言った。

「吉田が僕と同じ立場だったら、きっと一度フラれたら告白しないんだろうね。だって君は一度告白してフラれた時点で、『これ以上しつこくしたら相手に迷惑だ』みたいなことを考えてしまうから」

図星だった。俺に、橋本がアオイさんにしたような猛アタックは、絶対にできない。しつこくすることで相手に迷惑をかける想像をしただけで、それ以上動き出せる気がしなかった。

「でもさ、相手に迷惑かけるのって、そんなに悪いことなのかなぁ」

橋本がそう言うのに、俺は呆気《あっけ》に取られ、アオイさんは「フッ」と失笑した。

「まあそりゃ、何度も告白して『本当に気色悪いし、あなたのせいで健康な精神状態に支障をきたす』ってくらいの態度を出されたら諦《あきら》めるけどさ。逆にそこまでじゃないんなら、僕は自分の中にある『この子と付き合いたい』の気持ちを優先したかったんだよね」

「気色悪くはあったけどね」

「でも別に僕と距離とったりはしなかったじゃない」

「まぁねぇ。付き合いたいと思ってなかっただけで、嫌いではなかったからなぁ」

あっけらかんとした様子で会話する二人。橋本の猛アタックは、彼女にとっては別に迷惑ではなかったということなのだろう。

「距離を取られないってことは、脈ナシってわけでもないと思って。どうしても付き合ってほしかったし、なんなら結婚したかったから……逆に、それ以外のことは全部諦めて、自分本位にやってみたんだよ」

「それ以外のこと？」

橋本の言葉に、俺は自然と小首を傾げる。話を聞いていると、橋本の行動はかなり貪欲《どんよく》で、何かを諦めている……というような感じはしなかった。

橋本はくすりと笑って、頷《うなず》く。

「うん、まあ簡単に言うと……『アオイさんにちゃんと僕を好きになってもらいたい』みたいなことかな」

橋本がそうきっぱり言うのを聞いて、俺もアオイさんも言葉を呑《の》んだ。

俺が口を開くよりも先に、アオイさんは「なにそれ！」と声を上げる。

「初めて聞いたんだけどそんなの」

「まあ、言ってなかったし」

橋本はあっけらかんとしているが、アオイさんは今日初めて見るような、少し複雑そうな表情を浮かべ、それをごまかすようにビールに口をつけていた。

橋本は、アオイさんと付き合いたかった。なんなら、結婚もしたかった。けれど……そのためには、とにかく『付き合ってもらう』ということが最優先であり、最初から自分のことを好いてもらう必要はない……と、考えていたということになるのだろうか。

「な、なんていうか……」

俺は必死に言葉を探しながら口を開いたが……。

「ちぐはぐな感じだな……」

抽象的な言葉しか出力されなかった。それを聞いて、橋本はふふ、と小さく笑った。まるで、俺がそういうことを言うというのを分かっていたような様子だ。

「大好きな人には、同じように好きになってもらいたいと思うのが普通なのかもしれないけどさ……そんなのって望み薄じゃないかって僕は思ったんだよ」

橋本はそこまで言ってから、意味ありげな視線を俺に向ける。

「別に、好きだと確信できなくても……いつまでも一緒にいると誓えなくても、ひとは付き合ったり結婚したりできるよ」

橋本のその言葉に、俺もアオイさんも同時に深く息を吸い込んだのが分かった。なんてドライなことを言うんだろう。しかも奥さんの前で。そんな感情が胸の中で膨れ上がり、言葉にしようとしたところで。

「結婚してる相手の前でそういうこと言うのヤバすぎ！」

アオイさんの方が先に俺の思っていたことを叫ぶように言った。しかも、橋本を思い切り指さしている。

　橋本はどこか煩わしそうにアオイさんがビッと立てた人差し指を振り払うように手を左右に振った。

「今はアオイさんには言ってないの」

「分かってるけどさぁ、さすがに傷付いちゃいそうなんですけど⁉　吉田さんもひどいと思うよねぇ！」

　突然こちらにアオイさんの視線が向いて、俺はたじろぐ。

「いや、まあ……さすがに」

　俺が言葉を濁しながら頷くと「ほらぁ！」とアオイさんは勢い付いたように橋本を睨《にら》んだ。

　追及するアオイさんに、橋本はつかみどころのない柔和な笑みを向けた。

「でもアオイさん、僕のこと恋愛的に好きかどうか分かんない状態で付き合ってくれたじゃん」

「そん……！」

　そんなことない！　と、続くのかと思いきや、アオイさんは勢いよく二文字だけ発声したのちに、口をぱくぱくと開けたり閉じたりした。

「……んー……まぁ、ん～」

「大丈夫大丈夫、分かってたから」

「いやね、あたしの方にもいろいろあるんだよ。全部言語化できるわけじゃないの、キミみたいに」

「それも分かってるって」

「いーや、分かってないね。んや、違う。分かってるのに知らないフリするもんね。言ってないこっちが悪いみたいな顔するもん」

「だって、こっちが知ったふうな口利くと怒るじゃない。僕だって無闇に怒られたくはないもの」

「怒られたくないとか言うくせにお客さんもいる前でさっきみたいなこと言うんだ⁉　あたしが傷つくって想像つかなかったわけ⁉」

「け、喧嘩《けんか》はやめてぇ！　仲良し夫婦でしょお⁉」

思わず情けない声で、ヒートアップする二人の間に入ってしまう。

「あの、橋本はこう……俺があまりに煮え切らないから、こう……つとめて悪役になってくれたというか……！　お……俺のせいッス！　すみません！」

立ち上がって俺が頭を下げると、アオイさんは一瞬きょとんとしてから、大慌てで立ち上がり俺にぺこぺこと頭を下げだした。

「いやいやいや！　こちらこそごめんなさい……！　突然おっぱじめちゃって！　あたし達基本こんな感じなんで……多分吉田さんが思ってるほど深刻じゃないというかぁ」

「そうそう、いつものこと」

橋本は苦笑交じりにそう言ってから、「とはいえごめんね」と付け加えた。

二人の様子を見て、ほっとする。俺がゆっくりと椅子に座り直すのを見て、橋本はにやりと笑った。

「僕がアオイさんの自慢ばっかりするから、てっきり仲良し夫婦だと思ってた？」

橋本のしたり顔に一瞬イラッとしたが、俺はすぐに深く息を吐いて、首を横に振った。

「いや……今もそう見えてるけど……？」

喧嘩するほど仲が良い、とはよく言ったもので。目の前で喧嘩が始まって慌てたものの……なんというか、「止めなければ破局してしまうかもしれない……！」と焦るようなやりとりでは到底なかった。長い時間一緒にいたからこそ、細かい部分で妥協しないのだろう、と思えるような……丁寧なやりとりだ。

俺の言葉を聞いて、橋本とアオイさんは無言で顔を見合わせてから……。

二人同時に目を逸らし、少しだけ顔を赤くした。

「ふはっ」

俺が思わず噴き出してしまうのを見て、橋本は珍しく声を荒らげるようにして、俺に言う。

「とにかく！　僕が言いたかったのは……」

「大体分かってるよ……」

「大体じゃダメだ。はっきり言わせてもらう」

橋本は強く首を横に振り、十分に溜《た》めてから、言った。

「君ら二人は、難しすぎ」

「……そうだよな」

「相手の意図なんて、汲《く》まなくてもいいんだよ」

彼の言いたいことは、分かっているつもりだった。けれど……それでも、どうしても、素直に頷くことができない。

「……それを相手が心から望んでると分かってても？」

俺が力なく訊《き》き返すと、橋本は、それでも、頷いた。

「それでも、だよ。だって……そんなの、向こうの都合だろ」

橋本は俺を逃すまいとするように、じっ、と目を見つめてくる。彼からこんなに真剣に諭されるのは……いなくなった沙優を捜したあの日以来だと思った。

「君は……君の気持ちを優先すべきだ。そうしないと、いつまで経っても、動けない。動かなければ、得られない。動かなくて、得られなかったら……後悔するよ」

「……そうだな、その通りだ」

いつも飄飄《ひょうひょう》としていて、発言の意図も掴《つか》みづらい橋本が……今日ばかりは、俺にまっすぐに〝伝えよう〟としてきているのが分かった。

彼は……応援してくれているのだ。いつまでも、〝進んだようで進まない〟俺の恋を。

橋本の言葉を聞きながら、俺は数年前、あさみにかけられた言葉のことも思い出していた。


『吉田っちがどうしたいかってことだよ』

沙優の兄が彼女を連れ戻しに来た時。俺はこれ以上沙優の家族の問題に首を突っ込むべきではないのかもと思い悩んだ。今思えば、あの時、ほとんど俺の心は決まっているようなものだった。沙優の家庭の根本的な問題が解決する前に、彼女を北海道に帰すことが、良いことだとはとうてい思えていなかった。そんなふうに中途半端に投げ出してしまうくらいなら、最初から家に置かなければ良かったと思えるからだ。

だというのに、俺は、自分のその気持ちを『身勝手なものだ』と定めて、大人ぶり、客観的な視点を持とうとした。そもそも、最初から客観視して〝健全な関係〟などとは到底言えない共同生活だったくせに。

結局あの時も、あさみを皮切りに、たくさんの人に背中を押されて、俺はようやく決断できた。いつも……何もかも、自分で決めてきたことなどないのかもしれないとまで、思えてしまう。

そして、今橋本に明確に言葉にされて、同時に、今までの自分を振り返って……ようやく、俺は、自分が何も決められない理由が分かったような気がした。

「……俺の気持ち、か」

俺が小さく呟《つぶや》くと、橋本は数秒こちらを見つめたのちに、どこかホッとしたように薄く笑った。

「そう、君の気持ち。吉田は……いつも、それを重要視しないから」

「ああ……そうみたいだ」

「まあ、もうさ。とにかくアタックしてみなよ。何も考えずにさ」

橋本は、トントン、と人差し指でテーブルの上を叩《たた》いてから……俺と、アオイさんを交互に見た。

「……案外、相手の気持ちも変わるかもしれないし？」

橋本がそう言うのを聞いて、アオイさんは自分の腕を抱いて、ぶるぶる、と震えてみせた。寒気がする、というジェスチャー。それを見てなんだか力が抜けて、失笑してしまう。

「というか、あの～……」

さきほどまで黙って俺と橋本の話を聞いていたアオイさんが、遠慮がちに俺を見つめた。

「ぜんっぜん、話が見えないんだけど？　私はそっちのけで吉田さんの話してさぁ」

アオイさんはぷくっ、と片頰を膨らませて、俺と橋本を交互に見る。

「えっ、あ……」

俺はアオイさんからの視線をパスするように橋本の方を見る。

「なんも話してなかったのか？」

俺が訊くと、橋本は「当たり前でしょ」とため息をついた。

「いくら夫婦だからって、友達の恋愛事情を勝手にベラベラ話したりしないよ」

橋本が当たり前のようにそう言うのを聞いて、俺はまたも噴き出してしまった。橋本はきょとんとしている。

「なんつーか……なんだかんだで義理堅いよな、橋本って」

「な、なんだよそれ……」

珍しく、橋本はバツが悪そうに鼻先を触りながら視線を斜め下の方へ持っていった。照れている……。

カン！　とテーブルに——いつの間にかすっかり飲み干された——ビールの缶が叩きつけられる音で俺と橋本はビクリと肩を震わせた。

「いちゃついてないであたしも交ぜてくださいよ!!」

「あ、ああ……！」

すっかり拗《す》ねてしまったアオイさん。

「あんま面白い話じゃないですけど……」

「恋愛話がつまらないわけあるかーい！　待って、新しいの開けるから」

「まだ飲むんですか……？」

「ひとの恋愛話をつまみに飲む酒が一番美味《うま》いんだから」

「そういうことじゃなくて……！」

「無駄無駄無駄、アオイさんは飲むって言ったら飲むんだから。こんなに食べて、こんなにグビグビ飲んで、それでも太らないし綺麗《きれい》なままなんだから不思議だよね」

「さらっとノロケるのやめてくれないか……？」

それから、俺はアオイさんに、今の俺の恋愛の話をした。沙優のことはやはりあけすけに話していい内容とは思えなかったので……〝付き合ってはいなかったが半同棲《どうせい》状態にあった年下の女性〟という程度にぼかして話した。

アオイさんは、俺の話に軽妙な相槌《あいづち》を打ちながら聞いていたが……後藤さんのディテールを話せば話すほど「ムカつく女!!!」「でもちゃんと自分のことだけ愛してくれる人じゃないとイヤなのは分かる!!!」などと、怒りと共感のはざまに揺れ動くような感想を漏らし続けていた。

橋本はといえば、すでに大体知っている話だというのに、〝俺の話を聞いたアオイさんのリアクション〟を楽しんでいるようだった。

なんというか……自分が深刻に悩んでいた恋愛の話を、こうして明るい雰囲気で〝楽しんで〟聞いてもらえるというのはどこか新鮮な体験で……。

二人に今の状況や胸の内を話すうちに、少しずつ後藤さんとの関係性の悩みも、彼女と物理的な距離があいたことに対する重い気持ちも、ほぐれていくような感覚があった。

アオイさんが八本目の缶ビールを飲み終わった頃に、俺はお暇《いとま》することとした。さすがに帰りは電車で帰るつもりだったのだが……二人とも送っていくと言って断らせてくれなかった。といっても、アオイさんも「ついてく！」と駄々をこねたが橋本からかなり強めに「水飲んで先に寝てなさい」と言いつけられ、しぶしぶ玄関で手を振るのみにとどめてくれた。

車内で二人きりになると……あまりに静かに感じられた。

「……元気な人だったな」

俺が言うと、橋本はスッと鼻を鳴らした。

「感情の起伏を隠そうとしない人なんだよね。元気じゃない日はとことん元気じゃないよ」

「想像つかないな」

「そういう日は話しかけても無視されるし、自分がトイレ入りたい時に僕が入ってたりすると、扉蹴《け》るんだよ」

「……なんというか……すごいな」

「可愛いよね。そのくせ夜になると、相変わらず一言も喋《しゃべ》らないのにベッドの中でくっついて甘えてきたりして」

「……へぇ～」

「今日の喧嘩《けんか》も気にしなくていいからね。割と、ああいう喧嘩した後の方が盛り上がったりするんだよ」

「なあ橋本」

こらえきれずに橋本を睨《にら》みつけると、彼は分かりやすくくつくつと肩を縦に揺らしながら笑っていた。

「自慢に思うのとひとに自慢するのは違うって言ってなかったか？」

「吉田からこういう話聞くのも楽しみにしてるよ」

「うるせぇな……」

一瞬、後藤さんとそういうことをして、そういう話を橋本に酔っぱらいながらする自分を想像して……顔が赤くなった。ちらりと橋本を横目に見ると……彼もほんのりと顔が赤い。かなり無理をして、俺を〝煽《あお》った〟のだろう。

なんでも計算ずくでやっているような顔をしているが……こいつもなんだかんだでうぶなところがある。

ただ、まあ……。

「……ありがとな、橋本」

今は、それ以外に言うことはない気がした。

橋本は何も言わずに、鼻を鳴らすだけだった。

しばらく車に揺られながら、無言で、今日のことを思い返していた。

小綺麗《こぎれい》な家、きちんと洗われた車、そして、綺麗で、しかも心から愛している奥さん。

橋本はすべてを持っているように見えた。

しかし……彼だってきっと……欲しいものすべてを手に入れたわけでもないし、自分の決断を後悔したこともあるのだろうと思う。

言葉の通り……彼は〝自分の心のままに〟選択をし続けて、その先に、今の生活を手に入れたのだ。それは本当に素晴らしいことで、簡単にはなしえないことだ。

「お前はすげぇな……」

窓の外を見たまま小さく呟くと、橋本の視線が一瞬こちらに向くのが分かった。

「僕からしたら」

橋本はそこで言葉を区切り、ウィンカーを出し、交差点を右折した。

「僕からしたら……吉田もなかなかすごいヤツだと思うよ。とうてい、真似できそうにない」

「したくもないだろうに」

俺が苦笑交じりに言うと、橋本はけらけらと笑ってから「そりゃ、そう」と頷《うなず》いた。

「真似したいとは思わないけど、羨《うらや》ましいと思うことはあるんだよ」

「……分かる気はする」

「吉田はすごいんだからさ……仕事以外にももっと、いろいろ手に入れてほしいよ」

橋本は、いつもと変わらぬトーンで、けれど……どこか丁寧に、そう言った。

俺はズッ、と詰まってもいないのに洟《はな》をすする音を立ててから、じと、と彼を横目に見る。

「……お前明日死んだりしないよな」

「ぶはっ！」

橋本は思い切り噴き出して、可笑《おか》しそうに右手でばしばしとハンドルの端を叩いた。

「僕ってそんなに人でなしだと思われてるの？」

「いつもは俺に辛辣《しんらつ》なこと言って楽しんでるだろ」

「吉田だって、僕なら辛辣なことを言ってくれるって期待してるじゃん。自罰的な自分が好きだからさ」

「……なんつーか」

俺は口から魂が漏れ出るような気持ちになりながら、助手席にべったりと背中をくっつけて、零《こぼ》す。

「俺の周りって、俺のこと見透かしてくる奴ばっかでムカつくわ」

「あはは、違いない」

喋ったと思えば無言になり……また、思い出したように喋り。そんな繰り返しのうちに、あっという間に自宅前に着き、「また明日《あした》」と言い交わしながら、橋本と別れる。

俺の気持ち……俺の、気持ち、か……。

同じ言葉を胸の中で反芻《はんすう》しながら、着替えを済ませ、歯を磨き……俺は久々に、何かに悩む間もなく、眠りに就いた。

9話 物語

人間、慣れるのは早い。

後藤《ごとう》さんが異動して妙な緊張感を伴って変化していたオフィスの空気も、週末になるころにはすっかり元通りだった。

よく、転職などの話題で、自分がいないと業務が回らないことが予想できてなかなかやめられない……というような悩みを持つ人に対して「自分がいなくなることで立ち行かなくなる会社なんて、その会社が悪いのだからさっさとやめちまえ」という助言がされるのを方々で見たものだったが。本当に、そういうものなのだろうと思う。

後藤さんは多くのプロジェクトの監督業務を行った上で、経理の面倒も見ていた。涼しい顔でそれらをこなしていたが、あれが尋常ではない所業であったことは彼女が異動した今浮き彫りになっている。というのも、彼女の受け持っていた部分を他の幹部が巻き取る形になったのだが、実際に代わりの〝一人〟で受け持てているのは後藤さんが持っていた業務の半分以下だ。後藤さんのポストに就いた幹部以外の上役、さらには社長までもが少しずつ、後藤さんの業務を肩代わりする形となった。

……しかしそれで、何か大きな問題が起こったかと問われれば、答えはＮＯだ。

つまるところ、ハイスペックな人が一人いなくなっても……なんだかんだで、どうにかなるのである。社員の少ない会社などで同じように行くのかどうかは分からないが……一人の肩にかかっていた負担を、多くの人員で肩代わりするだけだ。

そんなこんなで、会社の様子は、後藤さんがいないという一点を除いて、元通りになったといえる。

慣れた、という点については……俺も同様で。

自分が思うよりも早く、俺は後藤さんがいない日常に適応した。彼女の不在を業務中に意識することもほとんどなくなったといっていい。かといって、彼女への想いが薄れてしまったのかといえば、それもＮＯだ。

ただただ、俺の日常から後藤さんがいなくなった。そういうふうに、認識している。

「もう二日後じゃん」

退勤時刻の前から退勤の準備を始めている橋本《はしもと》が、俺に声をかけた。

「二日後？」

「なにとぼけてんの。土曜日、行くんでしょ」

「ああ……そうかもう木曜日か」

「しっかりしてくれよ」

橋本は苦笑しながらぽいぽいとデスクの上の物をバッグの中にしまっていく。

「楽しんできたらいいよ」

「言われなくてもそうする。それより今は……金曜日までにしっかり俺の分の業務を終わらせとくのが先決だ」

「相変わらず真面目だねぇ。じゃ、お先」

橋本は俺の肩を叩《たた》き、さっさと退勤していく。速やかに帰宅して、アオイさんの作った夕食にありつくのだろう。橋本家にお邪魔したのはとても楽しかったが……二人の生活の〝解像度〟が高まってしまったおかげで、少しばかり羨《うらや》む気持ちが湧かないでもない。

それはさておき。

俺は時計をちらりと見て、息をつく。橋本が帰ったということは定時になったということなのだが……どうも今日は進捗《しんちょく》が悪い。いや、進捗が悪いというよりは、単純にこなすべき業務の量が膨れ上がっているという方が正しい。

土曜日には、俺は仙台《せんだい》に向かう。その際に少しでも仕事のことを気にしたり、俺の業務に関する電話などがかかってくることは避けたかった。

「もうちょい、やっていくか……」

呟《つぶや》きながら、スマートフォンを取り出して、あさみとのトーク画面を開く。

『すまん、一時間くらい残業することになる』

俺がメッセージを送ると、すぐに既読マークがつき、返事がきた。

『全然おっけー。駅前のファミレスで時間潰《じかんつぶ》しとく～』

俺も犬が「ありがとう」と言っているスタンプを押して、アプリを閉じる。数年前に比べて、メッセージアプリも使い慣れてきたものだ。

さて、遅刻するのはもう仕方ないとして、ダラダラするのもよくない。なんとか早めにキリ良く終わらせられるよう、俺はいっそう集中して仕事に取り組んだ。


「あ、来た来た～」

退社して、最寄り駅前のファミレスに向かうと、あさみと……その向かいには沙優《さゆ》が座っていた。沙優は慌てて席を立ち、あさみの隣に座り直す。

「沙優も来てたのか」

俺はつとめて、いつも通りのトーンの声で言った。

「タイミング合ったから連れてきちゃった」

「ごめん、迷惑じゃなかった？」

あっけらかんとしているあさみとは対照的に、沙優が申し訳なさそうにそう言うので、俺はかぶりを振る。

「まさか。むしろ、沙優がいてくれて助かるかもな」

「えっ？　どうして？」

沙優は小首を傾《かし》げて、あさみの向かいに座った俺を見た。その視線を受け渡すように俺があさみを見ると、彼女は俺の意図が分かったかのようにふくれ面を作った。沙優は依然として、何も分からないという様子で俺とあさみの間で視線を行ったり来たりさせている。

「こいつと二人だと、読んでる間、対面でずっとそわそわされて俺も落ち着かないんだよな」

「しょーがないでしょ！　こっちだってドキドキするんだから！」

俺とあさみの会話を聞いて、沙優は「ああ！」と声を上げた。それから、くすくすと笑う。

「そういうことね。じゃあ……吉田《よしだ》さんが読んでる間は、おしゃべりしてよっか」

「そうしてほしい〜。めっちゃ助かる、ほんとに！」

あさみがわざとらしい泣き顔を作りながら沙優に抱き着くのを視界の端で見ながら、俺はメニュー表を手に取る。軽く食べられるものとアイスコーヒーを頼んで、あさみの方へ向き直る。

「じゃ、読ませてもらおうかな」

「よ……よろしくお願いします……！」

あさみは緊張の面持ちで俺にノートパソコンを渡してきた。前までは小説をノートに直筆していたあさみだったが……どういう心境の変化か、最近ついにノートパソコンを買い、ワードソフトで執筆を始めたようだった。あさみの綺麗《きれい》な字を眺めるのも味があって好きだったのだが……：パソコンの方がやはり仕事で慣れているのもあり、読みやすくはあった。

あさみの小説のワードファイル画面を見て、俺は驚く。前回読ませてもらった時はまだ四万字ほどだった分量が七万字くらいまで増えている。

「……力作だな」

「ま、まだ途中だけどね」

「七万文字もあって、まだ途中なのか？」

目を丸くする俺に、あさみはくすりと笑って頷《うなず》く。

「本屋で売ってる本は大体十万文字くらいあるよ」

「そ、そうだったのか……」

まったく、知らなかった。それに、あまり本を読まないタイプなのもバレてしまった気がして、少し恥ずかしい。

「これは、ちょっと時間かかるかもしれないな。ゆっくり話しながら待っててくれ」

「気にしないでよ。読んでほしいってお願いしてるのこっちなんだし」

「そう言ってもらえると助かる」

会話が途切れるのと同時に、注文していたものがテーブルに届いたので……俺は片手で一口サイズのチキンにフォークを刺してつまみながら、あさみの小説を読み始める。

優しい物語だ。魔法使いと、貧しい少年が出会う話。当然といえば当然なのだが、最初に読ませてもらったときよりもかなり話が展開している。

親に捨てられ、つらい境遇にあった少年が、ある日食料を盗みに入った家で魔法使いに出会い、少しずつ再生していく話。要所要所で少年の〝素行の悪さ〟がトラブルを引き起こしひやひやとさせられるが、必ず魔法使いが彼を助けてくれる。決してつらい気持ちにならない、あくまで、優しい話だ。

読んでいると心があたたかくなり、こんな物語を生み出し紡いでいるあさみに尊敬の念を抱く。

彼女はよく「まだアマチュアだからさ」と自分を卑下するが……俺からしてみれば、こうやって無から有を生み出しているだけでも特殊技能のように感じられた。普段から何を考えていたら、このようにキャラクターや物語を生み出すことができるのだろうか。

夢中で読みふけっていると、気が付けば四十分も経過していた。

「……読んだよ」

俺が顔を上げると、直前まで沙優と楽しそうに話していたあさみの顔に緊張の表情が浮かぶ。

「……ど、どうだった？」

俺は、率直に言う。

「あくまでここまでの物語の感想でしかないけど……すごく、良いと思う」

「ほんと⁉」

「ああ。少年と魔法使いの関係性が、なんというか……良いよな。必ず魔法使いが助けに来てくれる安心感があるのも、いい」

「そっか、そっかぁ……」

あさみは噛《か》み締《し》めるように何度も頷きながら、微笑《ほほえ》んだ。

「ありがと、嬉《うれ》しい！」

「読ませてくれてありがとう」

「とんでもない！　読んでくれてありがと！　……あ、でも」

あさみはそこでスッと真剣な表情になる。

「逆に、何か気になるところとかって、ある？」

真面目な表情で問われて、俺は一瞬、迷う。思っていることがないわけではない。ただ、それを言うことが彼女と、その作品のためになるのかは分からない。

「思ってることがあるなら言ってほしい。それを取り入れるかどうかは、ウチが決めればいいことだから」

俺の心の中を読むように、あさみが言った。

彼女がそう言うのなら、俺も求められるようにすべきだと思った。

「そうだな……とても優しくて、良い物語だと思うし、そこが好きなんだけど……」

そう前置きしたうえで、言う。

「ときどき、『ちょっと都合良すぎないか？』って思ったりもするんだよな」

「……あー、ね」

俺の言葉に、あさみは言葉の軽さとは対照的に、神妙な表情で頷いた。そして、その反応に俺は内心、驚いた。

てっきり、彼女は俺の指摘に対して「え、どこが？」という反応を示すと思ったのだ。というのも……なんというか、普段のあさみを見ていると、溢《あふ》れ出る光のオーラのようなものを感じるからだ。根っからの善《い》い人間というか、人の善性を信じている、というか。上手く言語化できないが……彼女にはそういう輝きがあると思う。

そんな彼女の紡ぐ物語だから、自然と「優しく」なり、それが魅力になっているように感じられた。けれど……だからこそ、途中途中で、「こんなに都合よくゆくものだろうか」という疑念が差し挟まれてしまう。

都合の良い展開を嫌悪しているわけでは決してない。けれど……そのちょっとした「疑念」が浮かぶだけで、読書のテンポが損なわれるのは事実だった。

「ちょっと、言われるかな、とは……思ってたんだ～」

あさみはそう言ってから、苦笑しながら「やっぱ言われたかぁ」と頭を掻《か》いた。

そして、少し寂しそうに笑いながら俺を見る。

「んでね……言われるかも～って思ってるってことは……心のどっかで、ウチも同じこと考えてるんだよね、きっと」

あさみはそう言って、手元の、ストローが入っていた紙ごみをいじる。

「現実は、こんなに上手くいかない。助けが必要な人が、まさにそのタイミングで助けられることなんて、滅多にない。ピンチがチャンスになる、なんて、すでに成功した人しか言えない言葉」

あさみは淡々と語った。「ピンチがチャンスになる」というのは、小説の中で魔法使いが口にしたセリフだった。

俺は、冷静に語るあさみの顔をただただ呆気《あっけ》にとられながら見ていた。彼女の隣に座る沙優も、少し驚いた表情であさみを見つめていた。

「分かってはいる。分かってはいるんだけどさぁ」

あさみはそこまで言って、手元で弄《もてあそ》んでいたストローの紙ごみをくしゃ！　と丸め、ぽいと無造作にテーブルの上に放る。

「なんか、そういうの、現実だけでいいかな！　って思わない？」

「えっ？」

俺が素《す》っ頓狂《とんきょう》な声を上げるのに、あさみはけらけらと笑った。

「物語くらい、都合良くてもいいと思うんだよねぇ。ただただ優しくて、心が救われる話。そういう物語が誰かの心をちょびっとだけでも救うことがあるかもしれないし、それに……」

あさみはそこでとびきり優しい表情を浮かべた。その視線の先には……きっと、彼女自身が紡ぐ、小説があると思った。

「きっと、現実にも……ウチたちが気付きにくいだけで、〝都合悪い〟ことと同じくらい〝都合良い〟こともあるんじゃないかなって。優しくて、都合の良いことだけを集めて物語を書いたら……もしかしたら、読んだ人が、日常に転がるそういうちっちゃな〝都合良い〟ことにも目を向けられるようになるんじゃないかなーって……そう……思っ……」

話しながら顔を上げて、あさみはきょとんとした。そして、慌てて、俺と沙優の顔をちらちらと見る。

「えっ……ウチなんか変なこと言ってる⁉」

「いや、変なことは言ってないだろ」

「じゃあなんでそんな顔すんの！」

あさみが高速で右手を振り回し、俺と沙優の顔を指さす。

「いやぁ……なんというか」

「ねぇ……？」

俺と沙優は顔を見合わせて、笑う。

「達観してるな……と思ってな」

俺がそう言うと、沙優もうんうんと頷く。

「そ、そうかな……」

あさみはどう反応したらいいか分からないというようにぽりぽりと鼻先を掻く。

あさみの話を聞きながら、俺がいかに浅いことを考えていたかを思い知った。俺はどこか心の中で、あさみのパーソナリティと、彼女から出力される物語を同一視していたような気がする。俺にたびたび「都合が良すぎないか？」という疑問を挟ませる物語をあさみが書いたということを、さもありなんと思うことが……いかに失礼なことか。

彼女は俺の思うようなことはすべて理解したうえで、それでもその物語を〝選んで〟書いたのである。しかも……自分が物語を届けたい相手のことまで想像して。

「すまん、余計なことを言った気がするよ」

俺が頭を下げると、あさみは大慌てで両手をぶんぶん振った。

「いやいやいや！　そんなことない！　そもそも意見を求めたのウチだし、はっきり言ってくれて嬉しかった」

あさみはそう言って、今度は彼女が頭を下げる。

「ほんと〜にありがと！　想定してたような感想を言われたのも、かなり参考になった！」

「……と、いうと？」

「いやぁ、やっぱ言われたか〜！　ってね。薄々自分でも思ってたことだからさ」

「でも、そう思われてもいいってことだろ？」

「んー……いやぁ……これはなんか伝えるのが難しいんだけど」

あさみはそこで言葉を区切り、しばらく考え込むようにした。それから、言葉を見つけたように、口を開く。

「優しくて、都合が良くて、それが素敵な物語にしたい！　っていうのは……ウチ側の都合」

あさみはそう言いながら、トン、と右手をテーブルの上にグーの形で置いた。

「でも、それを読んで『都合良すぎじゃない？』って引っかかるのは、読者の素直な感想なわけで」

左手もグーの形でテーブルに置くあさみ。

「どっちかを大事にして、どっちかを無視する！　っていうのももちろん一つのやり方ではあると思うんだけど……なんかこう、すごく頑張ったら……ウチが書きたいものを書いた上で、読者の人にも『都合良すぎじゃない？』ってあんまり強く思わせない感じにできると思うんだよね」

グーにした両手をぶつけ合って、あさみはその指を絡め合った。

「そんで、読み終わった後に、読者は思うわけ。『あれっ、よくよく考えたらなんかめっちゃ都合いい話だったんじゃないか?』って」

　あさみはそこまで言って、ニッと笑った。

「というような物語を目指すならさ、今の時点で吉田さんにそういう感想もらってたら、まだまだじゃん? 　だから、ほんとに参考になりました! 　ありがと!」

「いや、なんつーか……こちらこそありがとう」

「なにが!?」

　お礼を言いたい気持ちになって口にすると、あさみは完璧《かんぺき》に戸惑っていた。

　……また、あさみの新たな側面を見たような気がする。そして、今までよりも強く、彼女には作家が向いているんじゃないかと思った。

『きっと、現実にも……ウチたちが気付きにくいだけで、〝都合悪い〟ことと同じくらい〝都合良い〟こともあるんじゃないかなって』

　あさみの先ほどの言葉が胸に浮かぶ。

　その通りかもしれない。人生、常にそれなりに楽しいこともあって、自分にとって〝都合の良い〟こともたくさん起こっているはずなのだが……どうにも、後になって覚えているのはつらいことばかりのような気がする。過去の恋を思い出すと、楽しかった思い出を振り返るよりも、真っ先に失恋したときのことが思い浮かぶ。

人は案外、つらかったことばかり記憶してしまうものなのかもしれない。同じくらい、楽しいこともあったのに。

少しの間、沙優も交えて三人であさみの小説について語り合ったが、途中であさみはなんだかそわそわしだしたと思えば、「あ！　親に呼び出されたわ！　先帰るね」とわざとらしく言い、そそくさと帰って行った。……こういうことをするときだけは、妙に若いところが出るのだなぁ、と思う。

取り残された沙優も、なんだかもじもじとしている。もしかしたら、元からこういう段取りだったのかもしれないなぁ、と、どこか冷静に考えている自分がいた。

「今日、残業だったみたいだけど……最近忙しいの？」

沙優は落ち着きなく視線を揺らしながらそう訊《き》いてくる。

「んー……特別忙しいというわけでもないんだけどな。週末までになんとかキリ良く仕事を終わらせたくて今日は少し残った感じだ。待たせて悪かったな」

俺が答えるのに、沙優は大慌てでかぶりを振った。

「ううん！　私は勝手に来ただけだし！」

「あさみとはたまたま会ったのか？」

「ん？　あ、う、うん。そんな感じ」

こりゃ、あさみが呼んだな。と、心中で苦笑する。相変わらずごまかすのが下手なところを見て、少し懐かしい気持ちになった。

「後藤さんとはどう？　うまく行ってる？」

沙優に問われて、俺は「まあ、それなりにな」と答えたのちに、息をつく。

「でも……後藤さんは急に異動になって、今仙台にいるんだよな。だから前みたいにいつでも会えるわけじゃなくなった」

「えっ⁉」

沙優は心底驚いたように、少し大きな声でリアクションする。この様子だと、後藤さんから知らされてはいなかったようだ。

「だ、大丈夫なの……？」

「大丈夫、って、何が？」

「いや、だからその……」

沙優は言葉を選ぶように視線をうろつかせる。

「遠距離に……なっちゃうし？」

「まだ付き合ってるわけでもないし。会おうと思えば会いに行ける距離ではあるからな」

「そっか。そうだよね……」

沙優は曖昧《あいまい》に頷《うなず》いて、黙り込んでしまう。しかしその視線はちらちらとテーブルの上を彷徨《さまよ》い続けていて……。

「……何か、俺に言いたいことがあるんじゃないのか？」

あさみがいなくなった時点で察していたことだったが……俺はついに、そう訊いた。

沙優の瞳《ひとみ》が大きく揺れる。

深く息を吸いこんでから、彼女は言った。

「……空港で話したこと……覚えてる？」

思ったよりも深く踏み込んだところから始まって、俺は思わず息を呑《の》んだ。しかし、誤魔化すわけにもいかない。

「覚えてるよ、もちろん」

「そっか……嬉《うれ》しい、覚えててくれて」

「忘れるわけないだろ」

沙優は顔を赤くしながら、小さく頷いた。

そして、上目遣い気味にこちらを見る。

「あの時は……『ガキには興味ねぇ』って言われたけど……。私、少しは大人になったと思うんだ」

「ああ、そうだな」

俺は素直に頷く。沙優の言う通り、彼女は以前よりもずっと、大人っぽく見えた。服装も、メイクも……そして、まとっている雰囲気さえも。沙優は元から年齢よりもずっと大人びた印象をひとに与える少女だったように思うが、今は以前よりも……いい意味で、『歳相応』になった気がする。彼女の在り方とその印象の乖離《かいり》をまったく感じさせず、地に足のついた魅力を放っている。

「だから……その……まだ吉田さんと後藤さんが付き合ってないんだったら……」

沙優はそこで言葉を区切り、切実な表情で俺を見つめた。

「私のことも、もう一度考えてくれませんか」

真っすぐにそう伝えられて……俺は一度目を瞑《つぶ》り、ゆっくりと、深く、息を吐いた。

ここで、「分かった、考える」と言うのは、果たして正しいことだろうか。現状、俺は後藤さんへの想いが弱まるどころか、むしろ距離が離れたことによって強くなったとまで感じている。後藤さんが異動したこと自体には慣れても、彼女が近くにいないという状況そのものが、会いたい気持ちを強くしている。こんな状況で、沙優とのことをフラットに考えろと言われても、とうてい無理だと思った。いくら後藤さんにそう頼まれたとしても……後藤さんへの想いがある時点で、俺は冷静に後藤さんと沙優とを比べることなどできない。

だからといって最初から、「考えることはできない」と突っぱねるのも、きっと……間違っている。

『やってみようとする』ことと、『実際にできるかどうか』は……切り分けて考えるべきだ。すべてに全力で体当たりし、答えを探すほかにない。

で、あれば……。

「……正直、俺は今でも、後藤さんのことが好きだ」

真摯《しんし》な言葉には、同じく、真摯に応える。それ以外にできることはないと思った。

俺が言うと、沙優も特に表情を変えることなく頷いた。

「分かってる」

「でもそれとは別に……沙優がまた東京にやってきて、大人になった姿を見せてくれたことを……自分が思う以上に、嬉しく思ってる」

その言葉に、沙優は驚いたように目を丸くした。それから、その頬が少し、赤く染まる。

「今のところ、それは、恋愛とはまったく別の感覚だと俺は思う。だから……沙優が求めるような答えを俺が出す可能性は……限りなく低い」

俺の要領を得ない言葉を、沙優は真剣に聞いてくれていた。

「それでもいいのなら、もう一度〝今の〟お前と丁寧に関わりながら……考えさせてほしい」

結局、考えていることのすべてを言葉にできた気はしなかった。それでも……伝えようとしないよりは、ずっといいと思えた。

沙優はしばらく、俺を見つめたまま黙っていた。表情から感情が読み取りづらく、俺はなんだか緊張してしまう。

「あはは」

俺の両の目を交互に見つめているかと思えば、急に沙優が破顔して、俺はきょとんとしてしまう。

「吉田さん……ちょっとだけ、変わったね」

「……そうか？」

「うん。てっきり、最初からはっきり断られると思ってたんだ。後藤さんのことしか考えられない～、って」

「あー……」

沙優に言われて、俺は苦笑を浮かべる。彼女の言う通り……この話を切り出されるタイミングが、彼女と再会してすぐであったなら……俺はきっとそうしていた。

「俺も、お前と同じだよ。たくさんの人に、たくさんのことを学ばせてもらった。そして……俺に多くを学ばせてくれた人の中に、当然、沙優も入ってる」

「え……？」

俺がそう言うのに、沙優は驚いて目を丸くした。

「お前と会うまで、俺は考えたことがなかったんだよ。自分が心の底では何を求めてて、どこに向かって歩んでいるのか。だから、自分の感情の扱い方が、何一つ分かってなかった。でも、お前と一緒に住んで、お前を助けたいと思って……その難しさに悩む間に、俺は自分でも知らなかった自分の感情に気付くことになった」

正しくありたいと願い、けれど、その〝正しさ〟を見失った。

沙優をまっとうな人生に戻してやりたいと思いながら、気が済むまで逃がしてやりたいとも思った。

結局は他所《よそ》の家の問題だと思いながらも、自分の感情も捨てきれなかった。

そもそも自分の感情について深く考えてこなかった俺のような人間が、それらの〝矛盾する感情〟と向き合うことができたのは……間違いなく、あの時、俺の周りにいてくれた人たちのおかげだ。そして……あの時、俺の一番近くにいたのは、間違いなく、沙優だった。

恋だとは、思わない。

けれど……だったら、俺にとっての沙優は、一体なんなのだろうか。それを知りたいと思った。

「だから、ちゃんと、お前とも向き合って……その上で自分の感情に答えを出すよ」

俺がそう言うと、沙優は少し目を潤ませながら、頷いた。

「うん……分かった」

沙優は嬉しそうにニコリと笑ってから、小さく首を傾げる。

「じゃ、じゃあ……デートとか、誘ってもいいの？」

「もちろん」

「やった。そしたら……今週の土日とかは」

「今週は無理だ。仙台に行くから」

俺が即答するのを聞いて、沙優は一瞬気圧されたように息を呑んだが、すぐに「そっか、そっか」と頷いた。

「じゃあ、来週の土日は空いてる？」

「ああ。今のところ予定はないよ」

「じゃあ……土曜日に、デート……しませんか」

潤んだ瞳でまっすぐこちらを見つめられて、そんな顔でデートに誘われると、こちらも多少なりともドキドキしてしまう。少しだけ心拍数が多くなったのを感じながら俺は頷く。

「……分かった。空けとく」

「ありがと！　……へへ、楽しみ」

そう言って、本当に嬉しそうにする沙優を見ながら……俺はまた、なんとも不思議な気持ちになっていた。

数年前、俺は沙優のことを〝保護〟という名目で家に置き……共に生活していた。だから、俺にとっては沙優は〝家にいる少女〟という存在だったはずで……。

そんな彼女と、今は別々の家に住み、そして休日にデートに行くというのだ。

やはり、あの頃とは何もかもが違う。違うというのに、沙優の笑顔は、変わっていない。

俺は彼女のこういう笑顔が、好きだったのだ。

「来週か。きっと……あっという間だな」

「うん、きっとね！」

俺が言うと、沙優は力強く頷いた。

「大学はどうだ？」

俺に仕事があるように、沙優には大学での勉強がある。

大学での過ごしぶりを話す沙優の話を聞いていると……改めて、彼女はしっかり自立したんだなぁという感覚が生まれて、それが嬉しかった。

少し話して帰るか、という程度の軽い気持ちで話題を振ったというのに、結局俺と沙優はその後一時間以上ファミレスで話し込んでしまった。

俺はようやく、諸々の悩みを捨て去って、落ち着いた気持ちで沙優と関わることができているような気がした。

10話 仙台

新幹線に一人で乗ったのなんて、一体何年ぶりだろうか、と思う。

高速で背後に流れていく景色を横目に見ながら、俺はノンアルコール缶ビールのプルタブを上げた。新幹線に乗るとついつい駅弁＋ビールという組み合わせに手が伸びてしまうものだが、今日はこれから好きな女性に会うのだからシラフでいたい。……と言いつつ、ビールを飲みたい欲だけは我慢できなかったので折衷案としてノンアルビールを買った。

具だくさんの釜《かま》めしをつまみながら、ちょっと物足りなく感じるビールを飲み……ぼんやりと車窓の外を眺める。

ここ数年で、俺は随分と普段使わない乗り物に乗る機会が増えたなぁと思う。

後藤《ごとう》さんとは新幹線に乗り、沙優《さゆ》とは飛行機に。そして、橋本《はしもと》の車にも乗った。他人と深く関わるようになった途端に、なじみのない乗り物に乗る機会が増えたことを考えると……乗り物というのは、何か新しいものに出会うために使うという側面もあるものなのかもしれない、と思う。

俺はなんとなく正しく生きようとして、大学を卒業したら就職し、就職したら〝仕事〟という殻の中に閉じこもって、そこから出ようとしなかった。沙優との出会いで、仕事以外のものに意識が向くようになって……気が付けば、俺はついに一人で新幹線に乗っている。

「……大袈裟《おおげさ》か」

小さく一人で呟《つぶや》いて笑う。新幹線に乗った程度で何をセンチメンタルになっているのか。しかし、一人だと暇なので……どうしても、普段は考える暇もないような、細かいことばかりに思考が向いてゆく。

後藤さんはよく「流れ」とか「自然」とかいう言葉を使っていた。俺はそのたびになんだそれは、と思ったものだったが……今ではなんとなく、彼女の言っていたことも分かるような気がするのだ。

沙優と出会ったのも、家に住ませることにしたのも、その中で自分という人間を見つめ直したのも……。すべて、事前に自分で決めてしたことではない。

飛行機に乗るのも、新幹線に乗るのもそうだ。別に乗り物に乗りたいから乗っているわけじゃない。そうする必要が出たから、乗るだけだ。

俺は、すべてを自分で決めているような気でいながらも、本当は流されるままに生きていただけなんじゃないのか。

ならば、その流れのなかで、俺は何を選び取るべきなのか。

それを決めることだけが、〝選択〟を前に、自分の意思でできる唯一のことなのかもしれない。


仙台《せんだい》に着き、新幹線駅の改札をくぐると……すぐに、後藤さんを見つけることができた。

彼女も、俺に気付くと小走りでこちらに向かってきてくれる。

「ほんとに来てくれたんだ」

「数時間前まで連絡取り合ってたのに急に来ないわけがないでしょう」

「冗談よ、冗談。会えて嬉《うれ》しい」

後藤さんはくすくすと笑ってから、なつっこい仕草で俺の肩に自分の肩を押し付けた。

「でも……昨日まで、ほんとに来てくれるか不安だったのは本当」

「来ますよ。俺、今週は週末のためにめちゃくちゃ仕事頑張ったんですから……」

「ふふ、そうなの？　嬉しい」

後藤さんは言葉通り嬉しそうに口角をにんまりと上げながら頷《うなず》いていた。

二人で並んで歩きながら、事前に調べていたずんだ餅《もち》とお茶の店へ向かう。

後藤さんも仙台に来てからは、新居での生活を整えるのと仕事の引継ぎでかなりバタバタしていたようで……仙台ならではのものを食べに行ったりする余裕はなかったらしい。

「ごめんね、服も全部持って来られたわけじゃないから、あんまオシャレなの着て来られなくて」

後藤さんはどこか言い訳をするようにそう言ったが、俺は彼女を横目に見てから、鼻の頭をぽりぽりと掻《か》く。

「いや……十分オシャレだと思いますけどね。なんか、いつもと違う感じで、これはこれでドキドキしますよ」

「……そう？　ほんとに？」

「こんなことで嘘つきませんって」

後藤さんは、黒のタンクトップの上になんだか生地の質感が良さそうな白黒縦ボーダーのシャツを羽織り、下は灰色の七分丈スキニージーンズを穿《は》き、黒いヒールサンダルと合わせていた。

確かに、今までのデートで見てきた後藤さんとは違い、かなりカジュアルな方向性の服装ではあったが……とても似合っていたし、タンクトップからのぞく悩ましい谷間を視界に入れないようにするのに大変苦労した。

「むしろ忙しい時に来ちゃいましたかね？」

俺が訊《き》くと、後藤さんは「ううん！」と大きな声でかぶりを振った。少しずるい訊き方をしてしまったかな、と思ったが……後藤さんも後藤さんで、俺が彼女の服装にマイナスな発言をするなどと思ってもいなかったであろうことを考えるとお互い様かもしれない。

「いや、まあ……まさか異動した初週に来てくれるとは思ってなかったから、ちょっとバタバタしちゃったところはあるけど……」

「そんなこと言って、すぐにでも来なかったら『やっぱり距離が離れたら私のことなんて忘れちゃうかも』とか考え出すでしょ、後藤さんは」

俺がからかうつもりでそう言うと、隣の後藤さんからなんの反応もなく、俺は若干焦りながら彼女の方を向く。

後藤さんは顔を分かりやすく赤くしながら、俺を睨《にら》んでいたが、すぐにふん！　と可愛らしい声を出してからぷいと俺から視線を外した。

「なんだか……最近いろんな人から見透かされてる気がするわ」

怒らせたわけじゃないようで安心したが、本人はぷりぷりと怒っている。

「私、ミステリアスな上司でいたかったのに」

「確かに、数年前までは俺もそう思ってましたけどね」

俺が頷くのに、後藤さんは頰を膨らませたが、すぐにくすりと破顔する。

「……でも、そうありたいと思ってた時より、今の方が気楽に感じるのって、なんか皮肉よね」

自嘲《じちょう》的なその言葉に、俺はどう答えたらよいか分からなかった。

俺はそういうふうに、「理想の自分でいる」というのを強く意識したことがないからだ。自分にとって正しいか、そうでないかという二元論だけで物事を判断してきてしまった。そんな稚拙な基準以外にも世の中にはいろいろな観点があって、それらをいつも気にしていたら、さぞ息苦しかろうと思う。けれど……後藤さんを「ミステリアスな上司」として見ていたときよりも、今の方が彼女に親しみやすさを感じているのは事実だ。

それに、先ほど彼女が見せたような「頰を膨らませる」というようなしぐさも、当時の印象とはかけ離れているものだったが、今では自然と受け入れている。それはそれとして……「あざとすぎるな」と思わないでもないが、やはり好きな女性のそういった仕草には弱いのである。

いろいろ考えた末、俺は俺の右側を歩く後藤さんの左手を取った。

「今の後藤さんも俺は好きですけど」

手を繋《つな》いでからそう言うと、彼女の耳が真っ赤になるのが分かった。

「……別に、手を繋ぐぐらいはいいですよね？」

「……う、うん。いい。むしろ、繋ぎたい。……デートだし」

「良かった」

俺が小さく頷くと、後藤さんはしばらく俯《うつむ》きながら隣を歩いていた。最初はひんやりしていた彼女の手が、だんだんと温まっていく。

「なんか……前より大胆になってない？」

「そりゃあね。強めに行かないと有耶無耶《うやむや》にされそうなので」

「……皮肉も言うようになった」

「ムカつくことも多いんでね」

俺がスンと鼻を鳴らすと、後藤さんはくすくすと笑った。

「そういうとこ出してくるようになった吉田《よしだ》君も好きよ」

「………うす」

突然のカウンターパンチに、俺もすっかり照れてしまう。

まるで学生カップルのように、手を繋ぐだけで照れながら……俺たちは目当ての茶屋に向かったのだった。

「……思ったより〝豆〟っすね」

人生初のずんだ餅を口にして、俺がそう感想を漏らすと、後藤さんはけらけらと笑ったのちに頷いた。

「そうね。かなり枝豆」

「もうちょい甘さの方が強いのかと思ってました」

「私は好きだけどなぁ」

「俺も嫌いではないです。ただ、もうちょいマイルドなのを想像してたので、びっくりしたというか」

「それは分かる」

なんとも贅沢《ぜいたく》な午後だと思った。幸い天気も良く、涼しすぎず、暑すぎない。小春日和というやつだ。木漏れ日の中で上品――思ったより強い味だったが――な和菓子をつまみながらお茶を飲む。優雅だった。

「ようやく仙台に来た実感が湧いた感じがする」

後藤さんはしみじみとそう言った。

「お疲れ様です」

「ありがとう。そっちはどう？　上手く回ってる？」

「最初こそバタバタしてそうでしたが、今は滞りなく。ただ、後藤さんの穴埋めで複数人の幹部が右往左往してるのを見ると……やっぱり優秀だったんだなって」

「やめてよ、得意なことをやってただけ」

「得意なことが複数あるのがすごいって話ですよ……」

どうしてこうも、ハイスペックな人間というのはその自覚がないのだろうか。

苦笑する俺に、後藤さんは頰杖《ほおづえ》をつきながら意味ありげな視線を向けてくる。タンクトップでそんなポーズを取られると、どうしても胸元に視線が行きそうになり、俺は変な汗をかいた。

「な、なんすか……」

「仕事以外は、どうなの？」

その質問で、俺はスッと冷静になる。何を訊かれているかはすぐに分かった。

「デートに誘われました」

「あらぁ、積極的ね」

「来週、行って来ますよ」

「……そう！」

自分で訊いておいて、後藤さんは目を丸くしながら俺を見ていた。

「何を驚いてるんですか」

「いや…………断らなかったんだなぁと思って」

「いやいやいや」

自分で自分の顔を見ることはできないが、それでも分かるほどに、俺の顔にはいろいろな表情が駆け巡ったように思う。

そして脳内を様々な言葉が駆け巡ったのちに、一番分かりやすい言葉が出た。

「後藤さんがそうしろって言ったんですよね⁉」

「ああ、ごめんなさい。もちろん、私もそうしてほしいし、責めてるわけじゃないんだけど」

後藤さんはそこで言葉を区切って、言葉を選ぶように斜め上を見る。それから、間をあけて、言う。

「そうお願いしても……吉田君は〝デート〟みたいなのは断るんじゃないかなと思ってて」

「…………ああ」

俺は小さく息を吐いて、頷く。つまるところ、沙優に言われたことと同じなのだろう。

後藤さんのことを好きな状態で、他の女の子とデートをする……という行動は、俺を知る人間からしたら意外だ、ということだ。まあ、それについては……おおむね同意できる。

「沙優にも驚かれましたよ」

「でしょうね」

くすくすと後藤さんは笑う。

「結局、俺の中の〝沙優〟って存在が……俺にとっての何なのか、未だに分かってないんですよ」

「……うん」

「そして、そんな状態で、本気で人生を立て直して俺に会いに来た沙優に、俺の気持ちを伝えるなんてのは……なんだか、ちゃんと向き合ってない気がして」

俺がそう言うのに、後藤さんは柔らかく微笑《ほほえ》んで、深く頷《うなず》いた。

「……吉田君が、そういうふうに考えるようになってくれたの、嬉《うれ》しい」

「え？」

「私のこと、好きでいてくれてるの、ちゃんと分かってる。その上で、私があんなお願いをして、もどかしくてつらい気持ちにさせてるのも、分かってる。でも……やっぱり、それでも私は沙優ちゃんのこと雑に扱いたくなかったの」

「……それで、自分の恋が終わることになったとしても？」

俺が神妙に訊くのに、後藤さんは穏やかに微笑みながら頷いた。

「……ええ。そうだとしても」

「……俺には分からない感覚ですね」

「なのに許してくれてるの、優しいね」

後藤さんがそう言って笑うので、俺はなんと答えたらいいか分からず、ただ無言で鼻先を指でこすった。

許している、という表現は正しくはない。我慢しているのだ。

けれど、そんな言葉をわざわざ付け加えるのが野暮だということくらいは分かっている。

「まあ……自分なりにきちんと答えを出すためにも、しっかり考えますよ」

俺が溜息《ためいき》混じりにそう言うのに、後藤さんは嬉しそうに頷いた。

「ええ。吉田君にもう一度会うために沙優ちゃんは東京に戻ってきたんだものね」

「まあ……進学のついでではあると思いますけど」

「え？」

俺の一言で、後藤さんの表情が思い切り変化した。あからさまに眉《まゆ》をひそめている。

「それ本気で言ってるの？」

「いや、だって……東京の大学に進学したから戻って来たって本人が」

「もう……それも嘘じゃないでしょうけど、東京に来た半分以上の理由はあなたに決まってるでしょ」

後藤さんは呆《あき》れた様子で何度も首を横に振ってみせた。

沙優はもう一人立ちをしたのだから、自分の将来のためにいるべき場所を決めてほしいものだと思ったが……。

俺の表情の変化を察知して、後藤さんは「もー」と溜息をついた。

「なんでそこで暗い表情になるのよ」

「いや……なんというか……」

「どうせ、『大人になったんだから、将来のための行動を第一にしてほしいのに』とか考えてるんでしょ」

「えっ」

あまりにも図星だったため、目を見開いてしまう。後藤さんはやれやれと苦笑した。

「……だから、吉田くんに会いに来るのだって、『将来』の一部として考えてるってことでしょ」

「…………ああ」

後藤さんに言われて、俺は深く息を漏らしてしまう。

そうか。

俺にとって後藤さんとの恋がそうであるように、沙優にとって、俺との恋は〝一生に一度〟というものであり、それが成就するのであれば結婚も視野に入るということだ。

……やはり、俺はどこか、彼女の気持ちを『可愛い恋心』というように捉《とら》えてしまっていたのかもしれない。決して軽くあしらっていいようなものではないのに、俺はそうしようとしていた。

「また暗い顔になって」

後藤さんが苦笑しながら俺を見ていた。

「反省の顔」

後藤さんが冗談めかして言うのを聞いて、俺も苦笑するほかない。

「……ええ。少し、軽く考えてたなって」

「吉田くんのいいところって、とても深く反省するところよね」

「……褒めてますか？」

「もちろん」

後藤さんはにこりと笑って頷く。

「誰も彼も、そんなにすぐに自分の行動や考え方を反省できるわけじゃない。私も、ひとから言われて『確かにそうだなぁ』と思っても、なかなか行動に移すところまで反映できないことが多いもの」

苦々しい表情でそう言う後藤さん。本当に身に覚えがある、という表情だった。

後藤さんにも、誰から何かを指摘されるという経験がそれなりにあるのか……と、意外に思った。

「……ちゃんと向かい合ってあげてね」

「はい」

逸れ始めた話題を戻すように、後藤さんは穏やかに言った。俺も頷いて、それからしばらくの間二人とも無言になる。気まずい沈黙というよりは、互いに違うことを考えている時間、といった感じだった。

「……なんだか、不思議ね」

後藤さんが口を開いたことで、俺は二人とも黙ってしまっていたことを思い出した。

「こんなふうに、慣れない土地で休日を過ごすことになって……それも、一緒に吉田君がいてくれて。何もかも、少し前には想像もつかないようなことだった」

「ああ……それは、確かに」

「想像がつかないことばかりが起こっているのに、いざ起こってみれば、その状況に適応しつつある自分もいる」

後藤さんはのんびりと語りながら、お茶を啜《すす》った。

「案外、事前に考えることなんてなんにも役に立たないのかもしれないって、思っちゃう」

「……そうですね」

「だってそうでしょ？　吉田君も、自分が突然女子高生を家に住ませることになるなんて想像できた？」

「できるわけがない。それに、『私実は恋人がいるの』って言われた相手と京都旅行に行ったり仙台でお茶したりするとも思いませんよ」

「ふふ、そうよね」

後藤さんは可笑《おか》しそうにくすくすと笑う。

「先のことは何も分からない。だから……今を楽しむしかないと思わない？」

微笑みながらそう言い切る後藤さんは……なんだか今までの彼女よりもずっと大人びて見えて、戸惑う。数週間前の彼女は、まだどこか、何かに迷っていて、葛藤《かっとう》の中で揺れ動いているように見えた。でも、今は違う。

彼女の言う通り、いつ、何が起こるかは予測することなんてできない。その〝状況の変化〟の中で、人の心も常に変わってゆくのかもしれない。

「そうですね」

俺も笑って、頷く。

今後何をどうするにしても、ひとまず、このデートを楽しむことが先決だと思った。

「ちょっと調べて来たんですけど、ここ以外にもずんだ餅《もち》の店沢山あるみたいですよ。せっかくだし他もまわってみませんか？」

俺が言うと、後藤さんは目を輝かせる。

「いいわね。名物食べ比べなんて、なんだかいかにも観光って感じ」

「そうでしょう。後藤さんなんて当分仙台にいるわけですから、お気に入りを見つけたら通えますし」

「毎週お餅食べてたら太っちゃいそう」

他愛《たわい》のない話をしながら、デートを楽しむ俺と後藤さん。

久々に、穏やかな気持ちで休日を過ごせている気がした。

少しずつ、前に進んでいる。この先がどうなるかは分からないが……今は、〝進んでいる〟ということだけを楽しんでもいいような気がした。

ずんだ餅や、枝豆の使われた銘菓を食べあるき、夜には少し酒をひっかけて、久々に身体《からだ》がくたくたになるのを感じた。

後藤さんは「泊まっていけば？」などと随分簡単に俺を誘ったけれど、俺は元から日帰りのつもりだった。正直……誘われた時は非常に心が揺れたものだ。

これだけ楽しいデートをして、酒も飲んで、彼女の家に泊まりなどしたら、今度こそ理性がもつ気がしない。いろいろなことをすっ飛ばして後藤さんを抱いてしまいそうだ。

そうなれば……今までしてきた約束も、築いてきた関係も、すべて無駄になってしまう。

「絶対に抱きたくなってしまうので」

と正直に言うと、後藤さんは顔を赤くしながら、なんだか嬉しそうに「そうよね」と頷いた。

「ありがとう」

後藤さんのお礼の意味は、俺にも分かった。

好き合っているのに、キスも、それ以上もできない。生殺し以外のなにものでもないし、以前はこの関係に焦《じ》れたり苛《いら》ついたりしたものだったが……今は、これを大事にしたいと思える。

少なくとも、俺が、すべてのことに結論をつけるまでは。

名残惜しさを感じながら帰りの新幹線に乗り込み、俺は東京に戻る。

来るのも一瞬、帰るのも一瞬。

本当に、東京と仙台の距離なんて、思ったほどではなかったと実感した。

『会えて嬉しかったです。また必ず行きます』

新幹線の中で、後藤さんにメッセージを送り、それからはただただ車窓の外を眺めて過ごした。

暗い景色の中に、沢山の光がある。人の営みが生む、あたたかくもどこか寂しい色の光だった。

自分の生きている場所以外にも、土地があり、家があり、人がいる。そこで生きている一人一人が学校へ行ったり、仕事をしたり、恋をしたり……それぞれの人生に向き合っていると思うと、なんとも不思議な気持ちになった。

限りなく多い人の中から、俺は誰かと出会い、人生の接点を作る。どうして、その人なのだろうか。どんな理由があって、その人と出会うのだろうか。

絶対に答えの出ない問いをぐるぐると胸の中で巡らせながら車窓の外を眺める時間。

気が付けば、俺は東京に戻ってきており、最寄り駅からいつも通りの帰路を辿《たど》り、家に着いていた。

シャワーを浴び、一本だけ缶ビールを飲み、歯を磨いて、ベッドに寝転がる頃には、すっかりいつも通りの日常を送っているような気分になる。

「……夢みたいな日だった」

そう呟《つぶや》いて、俺は眠りに就いた。

夢みたいな一日を終え、明日《あした》からは、また〝いつも通り〟の毎日だ。

けれど……そこで何が起こるかは、今の俺には何一つ、分からない。

11話 準備

振り返ると一瞬で日時は過ぎていくものだが、平日は特にそうだ。

後藤《ごとう》さんとのデートを終え、日曜日はほとんど寝て過ごし、週の初めを迎え……仕事に勤しんでいるとあっという間に週末だ。

定時で退勤し、普段とは逆の方向の電車に乗り込んだ。

あさみは既に着いているというので、焦っても仕方ないというのに、どこか気が急いてしまう。

数十分電車に揺られていると、目的の都会駅に到着する。

あさみの指定した待ち合わせ場所に行くのにも若干苦労したが、彼女はこういった人の多い駅での待ち合わせに慣れているようで、かなり分かりやすい場所を指定してくれていた。

駅の地下にある通路の、大きな広告看板の前にあさみは立っていた。

「お、来た来た。お疲れ～」

「悪いな、待たせて」

「いーよいーよ。都会は時間潰《つぶ》せるとこいっぱいあっていいね」

あさみは無邪気にそう言って右手でピースサインを作ってみせた。

「じゃ、行こっか」

あさみが俺を先導するようにさっさと歩きだす。本当に都会には慣れていないので、とても助かる。

「今日はありがとな、時間取ってくれて」

俺が言うと、あさみはニッと歯を見せて笑った。

「んや～、吉田《よしだ》さんからこんなこと頼まれるとは思ってもみなかったけど、ウチもなんか嬉《うれ》しかったし」

言葉の通り、あさみはかなり上機嫌に見えた。はずむようなリズムで俺の前を歩いている。

今日は、沙優《さゆ》とのデートのための服を買いに来たのだが、一人では何も分からないので、あさみに協力をお願いしたのだ。メッセージで「もしよかったら……」と相談したところ、かなり前のめりに快諾してくれた。

「予算とかはどんな感じ？」

「いや……特に決めてはないけど、あんま高いのは……」

「だいじょぶだいじょぶ。さすがに突然ハイブランド買え！　とか言うつもりはないし。安く済ませたいみたいな気持ちがないんだったら選べる幅が増えるから」

あさみはそう言ってから、「じゃああのあたりかな～」と呟きながら迷路のような地下街をすいすい歩いてゆく。

自分が着るわけでもないのに、男モノの服が売っている店まで把握していることに驚いたが……そもそもファッションに興味がある人は、街の中のどこにどんな服屋があるのかにも普段から気を配っているのかもしれない。

あさみに連れられて入った駅の地下から直通——とはいえ地下をかなり歩いたが——の服屋に入り、あさみがあれこれと服を手に取り唸《うな》っている。

「これとかどう？」

あさみが俺に手渡してきたのは、妙にツルツルと手触りの良い生地でできた、白と黒の七分丈Tシャツだった。白色が生地の七割ほどを占めているが、下の方に斜めの黒いラインが入っている。なんというか……。

「これは……なんか、俺が着るには〝若く〟ないか？」

俺がなんともむずがゆさを覚えながらそう言うと、あさみは「え～!?」と大きな声を出す。

「年齢関係ないって！」

「いや、あるだろ」

「ないない！　それに沙優ちゃんとデートするならちょっとくらい若く見えるくらいの方がいいんじゃないの？」

「それはまあ……そうかもしれないけど」

「じゃあはい！　とりあえず試着する！　着てみてから考えればいいんよ」

ぐい、と胸に服を押し当てられ、俺はしぶしぶそれを受け取った。

店員を探して店内をうろちょろしていると、頭からつま先までバッチリオシャレにキマった男性店員が俺に気付いてくれる。なんだかこういう店に来ると店員に怯《おび》えてしまうのはどうしてなのだろうか。

「し、試着したいんですけど……」

「かしこまりました！　こちらへどうぞ～！」

店内に響くほどの大きな声で返事をされ、俺はさらに萎縮《いしゅく》してしまう。

試着室に入り、まずネクタイをはずす。退勤してからそのままスーツを着てきてしまったので、着替えるのに若干苦労した。これ、また脱いでシャツを着直さないといけないんだよなぁと思うと、かなり面倒な気持ちになった。

とはいえ……明日がデートなのだから、今日買いに来るほかになかったわけで。

俺は、デートに着て行けるような服を何着も持っているタイプではない。そもそも、休日に積極的にでかけるタイプではなかったから、外出用の私服も少ない。

そして、数少ない〝デートに来て行ける服〟というのは、そのすべてを後藤さんとのデートに出し切ってしまっていたので……なんとなく、それを沙優とのデートに流用するのも気が引けてしまった。

ファッションに気を配っている世の男性たちは、こんなに疲れる服選びを頻繁に行っているのかと思うと、自分にはとうてい真似できないと思った。

上だけを着替えて姿見の前に立ってみる。

やはり「若すぎないか？」という印象を覚えたが……まあ、似合わないとも思わなかった。普段着ない服の種類なので違和感はぬぐえないが、なんとなく、オシャレになったような気もする。本当に、自分では判断がつかないのだ。

試着室のカーテンを開けると、思ったより近くにあさみが立っていてたじろいだ。あさみは「おー」と声を上げて、ぱちぱちと手を叩《たた》いた。

「うんうん、やっぱこういう色似合うね」

「似合ってるのか……？」

「似合う似合う！　いいと思う！」

「そうかぁ……じゃあ、これにするか」

「即決で笑う。まあ吉田さん自身が嫌いじゃないなら、似合ってるし、買っちゃっていいかもね」

「好きとか嫌いとかもよく分かんねぇんだよな」

「ほんとに興味ないじゃん。ウケる」

あさみはけらけらと笑って、近くをうろうろしていた店員さんを呼び止めた。

「これ似合ってますよね？」

「よくお似合いですよ。色もシルエットも割とベーシックなので、ボトムスに何を合わせても馴染《なじ》むと思います」

「なんかおすすめのボトムスあったりします？」

「少々お待ちください。いくつか持ってきますね」

爽《さわ》やかに頷《うなず》いて早足でズボンの売り場へ歩いていく店員。その背中を見届けてから、俺はあさみに視線を移す。

に……。

「なんか……手馴《てな》れてるな」

「え、そう？」

「俺、話すだけでも緊張しちまうよ」

「店員さんと？　なんで？」

純粋に「なんで？」と訊《き》かれて少し傷付く。誰とでも共有できる感覚だと思っていたのに……。

足早に店員が戻ってきて、その腕には二着のズボンが引っ掛かっていた。

「こちらはオーソドックスなタイプのジーンズです。生地はかなりしっかりめなので長めに穿《は》いていただけます。そしてこっちが、スキニータイプのチノパンなんですが、生地がストレッチなので、見た目以上にゆったり穿いていただけますし、多少体形に変化があっても穿けるタイプになってます」

にこやかに説明をしながら二着のズボンを手渡してくる店員。「よろしければ是非ご試着ください」という言葉に気圧されて、俺は会釈しながらそれらを受け取り、また試着室に引っ込む。

おずおずと着替えている間に、外から小さな声で「彼氏さんですか？」という店員の声がして、その後にバカでかい音量で「えっ⁉　違いますけど⁉」というあさみの声が聞こえた。そりゃあ、オッサンとカップルに間違えられたら嫌だろうが、さすがにあそこまでの否定は傷付いてしまう。

……沙優は、俺のようなオッサンと並んで歩いてもイヤではないのだろうか。イヤではないから、ああしてアプローチをかけてくれるのだろうが……なんとも、想像のつかない心境だなぁと思うのだった。

オーソドックスなタイプ、と説明をされた方をまず穿いてみる。試着室のカーテンを開けると、またあさみは「似合う似合う」と手を叩いた。

今度はスキニータイプを穿いてみる。店員の言うように、ぴっちりしているわりに、過剰に圧迫してくるわけでもなく、穿き心地は大変よかった。しかし、姿見にうつして見てみると、思ったよりも下半身のラインがはっきりと出ていて、なんだか落ち着かない。この手のラインのズボンは人生で一度もない気がする。

恐る恐るカーテンを開けると、あさみも店員も声をそろえて「おっ！」と言った。

「かなりイイじゃん！」

「お客様、身体《からだ》のラインが綺麗《きれい》なのでかなりかっこいいシルエットになってますね！」

「そ、そうですか……？」

明らかにさっきのズボンよりも二人の食いつきが良く、なんだか照れ臭い気持ちになってしまう。

「そっちにしなよ！」

俺としては普段穿かないタイプのズボンなので落ち着きのなさを感じるが……ファッションに精通しているであろう二人がここまでいい反応を見せるということは、一般的には〝似合っている〟というやつなのだろう。

なんとも言い難いふわふわした気持ちになりながら、俺は「じゃあ、これで」と頷いた。

二着の服を買い、店を出る。

「いや～、似合うの見つかって良かった良かった」

「ありがとな。俺一人じゃ決められなかったよ」

「店員さんに話しかけるだけで緊張しちゃうし？」

「そうだよ……あんまいじるなって」

俺が首を引っ込めるようにすると、あさみはけらけらと笑った。

ひとしきり笑ってから、あさみは急に遠くを見るような目をする。

「まあでも……沙優ちゃんとのデートに向けて、服を新しく買わなくては！　……みたいなことを吉田さんが思ってくれるの、嬉しいなぁ」

そんなようなことを、後藤さんにも言われたなぁと思い、俺は苦笑する。

「デートに着ていけるような服を何着も持ってないからな」

「そうは言っても、別に着まわしたってバレないじゃん？」

「気持ちの問題だろ」

「そうそれ！　気持ちの問題！」

あさみは手を叩いてから、俺を指さした。

「そういうとこを気にしてくれんのが嬉《うれ》しいわけよ！」

「自分の事みたいに言うな……」

「自分の事みたいなもんだよ、沙優ちゃんのことは！」

身を乗り出す勢いであさみは言う。

「ウチにとっての一番の親友なんだから。恋だって成就してほしいし」

そう言って横目で俺を見るあさみ。

俺はゆるやかに首を横に振る。

「難しいよ、それは」

「うん、分かってる。でも、そう思いながらちゃんと服買ったりしてくれるのが、嬉しい」

「そういうもんか？」

「そういうもん！　テキトーな服とかでデート行ったら殴っちゃうもん」

「殴るなよ……」

俺が苦笑するのと同時に、あさみもくすくすと笑う。

そんな彼女を横目で見ながら、俺はしみじみと、思ったことを口にした。

「あさみは、いつでも沙優の味方だな」

俺の言葉に、あさみは何度かぱちくりと瞬《まばた》きをしたのちに、大きく頷いた。

「そりゃそうでしょ」

当然のようにそう言って、あさみは柔らかく微笑《ほほえ》む。

「味方でいることしかできないんだから……そりゃ、味方でい続けるに決まってるよ」

その答えを聞いて、俺は改めて、あさみの優しさを噛《か》みしめた。こんなに大きな優しさを持った彼女だからこそ、孤独であった沙優の心を溶かすことができたのだろうと思う。

「吉田さんはさ」

あさみはぽつりと言った。

「沙優ちゃんの『友達』でしかいられないウチとは違う。もう彼女の保護者でいることに固執しなくてもいいんだよ。沙優ちゃんとどう関わるか、自分で決めることができるんだよ」

あさみはどこか強い意志の籠《こも》った声色で続ける。

「沙優ちゃんは変わったよ。ここにいた時よりももっと強くなって、きっと、全部『決めて』ここに来たんだよ。だから……吉田さんも」

「分かってる」

彼女の言葉を遮るように、俺は頷いた。

「分かってるよ。ちゃんと考える。……〝全部〟、真剣に考えるから」

俺があさみの目を見てそう言うと、あさみは少し驚いたように目を丸くしてから、嬉しそうに、頷いた。

「……そっか。ありがとね」

「だから、なんでお前がお礼言うんだよ」

「だって、友達のことだから！」

「……お前ほんといいやつだよな」

「は～？　何が？」

照れ隠しのように唇を尖《とが》らせるあさみ。

「ま、とにかく。週末デート、楽しんでね」

あさみがニッと笑うのに、俺も頷く。

「言われなくても」

あさみは都会に出たついでに他にも買いたいものがある、と言って、改札の前で別れた。

帰りの電車に揺られながら、なんとなく、買った服の入った紙袋をじっと見つめる。

……ずっと、自分の〝ものさし〟の中で生きてきた。

自分の中の〝正義〟に従い、社会の中での〝正しさ〟に準じようとし、一途な恋だけが正しいと信じ……。

俺は何かを選択し続けている気でいながら、結局、ただ目の前に落ちているものを拾い上げてきただけだ。選ぶのではなく、拾い上げ、それを宝物のように大事にするだけ。それに注力するだけでいっぱいいっぱいで、そうすることでしか自分の価値を認識できなくて、だからこそ、本質を見失ってしまう。

今までしてこなかった〝服選び〟が思った以上に困難だったように……どれだけ困難であっても、そろそろ選ばねばならない。自分の人生について。

それで誰かを傷付けることになったとしても、その選択をする覚悟を決めなければならない。状況に迫られて選ぶのではなく……自分自身の意志で、強固な決意を以《もっ》て、選ぶべきだ。

その分水嶺《ぶんすいれい》が、きっと、明日《あした》の沙優とのデートなのだと思った。

紙袋を持つ手に力を込めて、俺は明日のデートへの決意を新たにした。

12話 デート

果たして、デート当日。

俺が時間より少し早く着くように待ち合わせ場所に行くと、沙優《さゆ》はすでに待っていた。

その姿を見て、俺は思わずはっと息を吸ってしまう。

彼女は黒色のカットソーに、丈の長い薄手のカーディガン、そして、薄い生地の……マキシ丈？　というのか。とても長いひらひらのスカートを穿いていた。

そのコーディネートは、今まで俺が見て来た彼女の服装とは雰囲気がまったく違った。

化粧も、遠目で見ても分かるほどに……いつものナチュラルめのものとは違う。ばっちりとキマっていて、なんというか……隙がなかった。

沙優の顔が一般的に見て〝整っている〟というのは当然、前から知っていた。けれど……こうして大人びたコーディネートと、完璧《かんぺき》なメイクを合わせるとあそこまで〝美人〟のオーラが出るのか、と、たじろぐ。

大げさな表現ではなく、沙優の周りだけ他《ほか》と隔絶された空間なのではないかと錯覚してしまうほどに……彼女は存在感を放っていた。今からあの隣に自分が立つのかと思うと、妙に緊張してしまう。

幸い沙優は俺の方に視線を向けていなかったので、深呼吸をしてから、覚悟を決めて彼女に近づいてゆく。

「すまん、待たせたか？」

俺が声をかけると、沙優はぴく、と肩を震わせてからこちらに向き直り、それから花が咲いたように破顔した。

「ううん、私も今来たとこ！」

沙優はそう言ってから、いたずらっぽい表情でちろりと舌を出す。

「……って、一回言ってみたかったんだよね」

そんな様子もやはり今までと違い妙に大人っぽく見えて、俺はどきりとした。

「……ほんとはいつ着いたんだ？」

「ほんとに、そんなに待ってないよ。五分前くらいに着いたかな」

「それなら良かった」

「うん。それに、まだ待ち合わせ時間まで十分あるし。吉田《よしだ》さんも早く来てくれたんだね」

「待たせないように早く来たつもりだったんだけどな……」

「だから、私が早く来すぎただけだって！」

やけに楽しそうに沙優が笑うので、俺もつられて笑う。

こうして無邪気に笑う時の顔は前と変わらないように感じるのに、それでもその中に隠しきれぬ大人びた色を感じてしまうのはどうしてなのだろうか。

「今日は……どうする？　一応俺の方でも……」

デートコースを考えて来た、と俺が続けようとするのを、沙優が遮った。

「今日は私に任せてほしい！　付き合わせる形にはなっちゃうけど……吉田さんと一緒に行きたいところ、いっぱいあるんだ」

そう言って、沙優は「ダメ？」と首を傾《かし》げた。

「ダメなわけないだろ。いくらでも付き合う」

「ほんと？　やった」

沙優は本当に嬉しそうにそう言って、腰の辺りで小さくガッツポーズを作った。

「まずは博物館に行きたいんだけど……その前に、軽くご飯食べよっか」

博物館？　と訊《き》きそうになるのをこらえて、頷《うなず》く。ここで口を挟むよりも、彼女の考えたデートコースに従うべきだと思ったからだ。

……しかし、てっきり、食事をしたり、ウィンドウショッピングをしたりするのかと思っていたので、博物館という指定には驚いた。

よくよく考えれば、沙優が俺の家にいた頃は……互いに、今の生活をつなぎ留めることに必死だった。沙優がどんなことに興味があるのか、俺はあの頃だって、把握できていたとはいえない。その上……沙優は俺と離れてから約二年もの時を過ごしたのだ。彼女が今、何に興味があるのか……俺もとても気になった。

沙優は「美味《おい》しそうなイタリアンの店があってね！」と楽しそうに言いながら、既に地図も頭に叩《たた》き込《こ》んでいるという様子で、すいすいと人混みの中を歩いた。その後ろ姿を見ながら……俺はなぜか、沙優と行った夏祭りのことを思い出していた。あの時は後ろから控えめについて来ていた沙優が、今は俺の前を背筋をピンと伸ばして歩いている。不思議な感覚だった。

張り切って先導するものだから、たびたび、人混みに阻まれて先を歩く沙優と俺との間に距離ができてしまう。沙優から指定された待ち合わせ場所は、美術館に博物館、大きな自然公園に、かつ、駅前にショッピング街や飲み屋街もある大きな駅だ。その上、週末という条件がプラスされているものだから、道は大混雑だった。

沙優は何度も振り返り、俺を見つけるたびにどこか安心したように微笑《ほほえ》んだが……それを繰り返すうちに、ふと歩くのを止《や》めて、俺が追い付くのを待った。

「人、多いな」

俺が言うと、沙優は苦笑交じりに頷く。

「ごめんね、こんなに人がいると思わなくて。田舎育ちなところ出ちゃったかも」

「関係ない。東京に住んでてもこの人混みは目が回りそうだ。でも、休日の都心駅なんてこんなもんだろ」

「そっかぁ。私も慣れないとなぁ」

しみじみと言いながら、沙優はきょろきょろと辺りを見回す。そうだ、沙優は少なくともあと四年は東京で暮らすことになるのだった。

「ねえ、吉田さん」

「うん？」

「人多すぎて、はぐれちゃいそうだね？」

沙優が俺を横目に見ながらそう言うのを聞いて、俺もさすがにその意図を理解した。ふ、と息を吐いて、俺は右腕を沙優に差し出す。すると沙優はパッと嬉《うれ》しそうに笑って、彼女の左腕を俺の右腕に絡めた。

「……やった。今日は気が利くね？」

「今日は、とはなんだ」

「あはは。手繋《つな》いでくれてもいいんだよ」

「悪いけどそれはダメだ」

「ケチ」

わざとらしくむくれてみせる沙優だったが、明らかにその表情の下からは〝嬉しい〟という空気が漏れ出していた。そんな彼女の素直な反応に、なんだか嬉しくなっている自分がいた。

ぎゅ、と沙優が腕に力を籠《こ》めるのが分かった。俺は右腕に柔らかな感触を得て、どきりとする。ニット生地のカットソー越しに、その下のちょっぴり硬い布の感触と、その奥の柔らかい何かの感触、すべてが伝わってくる。

思わず沙優の方に視線を向けてしまうが、彼女は俺の方を見て、いたずらっぽく「ん？」と首を傾げた。……明らかに、わざとやっている。

これだけ堂々と挑発されて、「当たっている」などと指摘するのもなんだか子供じみている感じがするし、逆に小恥ずかしく思えてしまう。それに、そんなことを言っても「そうだね」なんて返してきそうな余裕が、沙優からは感じられた。

思った以上に、調子が狂っている。

俺にくっついて上機嫌な沙優に歩調を合わせて五分ほど歩くと、沙優は「もうすぐで着くよ」と言った。

言葉の通りに、そこから数分も経たぬうちに、洋風なたたずまいの、小洒落《こじゃれ》たレストランに着いた。

店に入ると、沙優はなんでもないように「予約していた荻原《おぎわら》です」と店員に言う。

「予約までしてたのか？」

驚いて俺が訊くと、沙優ははにかみながら頷いた。

「ごめんね。吉田さんなら、私が行きたいとこに付き合ってくれるって信じちゃってたから」

「……なんか、いろいろとズルくなったよな、お前」

「えー？　そうかな？」

また、どこかいたずらっぽく、大人びた微笑みを浮かべながら首を傾げる沙優。その所作ひとつひとつに、彼女が高校生の頃には感じなかったような、〝自分の魅力を理解している〟という自信が宿っているような気がして、俺はやはりドキドキしてしまう。

……なんだか、後藤《ごとう》さんに似てきていないか？

そんなことを思って、俺はすぐに頭を小さく横に振る。

今は、沙優とのデート中だ。後藤さんのことを考えるべきではない。

店員にテーブルに案内され、沙優は奥側の椅子に腰かける。肩にかけていたバッグをおろし、椅子の角にかけ、椅子を引き……それから、腿《もも》の裏をスカートごと押さえ、腰掛ける。その一連の動作に、つい見入ってしまった。その動きはあまりに洗練されていて、美しかった。

「ん？　どうしたの？」

「あ、ああ……なんでもない」

きょとんとした表情で沙優に見つめられて、俺はその場に立ち尽くしていたことに気付く。慌てて座ると、沙優は「へんなの」と笑った。

「ここはチーズのパスタが有名なんだよ」と説明する沙優だったが、正直、話半分だった。沙優の所作ひとつひとつにどぎまぎとしてしまっている自分に動揺が隠せない。オススメされるままにチーズのパスタを頼んだ。

注文の品が届くまで、沙優とあれこれ話していたはずだったが……やはり、内容はあまり覚えていない。正面から、いつもよりバッチリとメイクをした沙優を見ているとなんだか変な汗が出て、いつものように目を見ながら話すことができなかった。

しかし、沙優お待ちかねのパスタが届いて、それを口にすると、それがあまりに美味《おい》しく、意識が料理に逸れたおかげで、一旦《いったん》落ち着くことができた。

「……確かに美味《うま》いな、これ」

「ね！　麺《めん》がモチモチだし、ソースもしっかりチーズの味がするのにくどすぎなくて食べやすいよ」

あまり一人で外食をする方ではないので、たまに食べるパスタは自宅での乾麺《かんめん》料理だったのだが……当然だが比べ物にならない美味しさだった。沙優の兄である一颯《いっさ》にも美味しいパスタを御馳走《ごちそう》してもらったことがあったのを思い出すが……正直あの時は——有り体に、美味しい、と思いはしたものの——料理を味わうことに集中できるような状況でもなかった。

なにより、このモチモチとした平麺が非常に好みだった。

「ふふ」

俺がフォークで巻いた麺を口に運ぶのを見ながら、沙優が不意に笑う。

「……？」

パスタを咀嚼《そしゃく》しながら俺が首を傾《かし》げるのに、沙優はなんだか嬉しそうに口角を上げながら、言った。

「なんか……前よりも、美味しそうに食べるようになったね」

「そりゃ、このパスタが美味いからな」

「そうなのかなぁ。私の作る料理も美味しいって言ってくれてたし、その気持ちはちゃんと伝わってきてたけど……うーん、なんていうのかな」

沙優は言葉を選ぶように視線を宙に浮かせる。そして、うんうん、と頷きながら言った。

「前よりも、食べてる時の表情が柔らかくなった気がする。なんか、食べるのを楽しんでる感じ？」

「……そうかぁ？」

かなり丁寧に言語化してもらったのだと思うが……正直自分ではまったくピンと来なかった。沙優はそんな俺を見てけらけらと笑う。

「あはは、確かに、自分じゃ分かんないかもね。なんだろ、自分で料理するようになったからとか？」

「……ああ」

言われて、先ほど自分が考えていたことを思い出す。

確かに……比べる〝基準〟ができた、というのは大きいのかもしれない。

「……まあ、お前の置いていってくれた料理ノート見ながら自炊するようになったから……前よりも自分で作った料理と、本格的な料理の差は分かるようになったかもしれない」

「役に立ってるなら良かった。自炊も、楽しめてる？」

「ああ、それなりに。自分好みの味に作れたりすると、嬉しいもんだな」

「へぇ～そうなんだ。……なんか、吉田さんが料理してるとこ、想像できないかも」

そう言ってくすくすと笑う沙優。そりゃ確かにそうだろう、と思いつつ、なんだかいじられているような気がして小恥ずかしくなる。

パスタの美味しさに気を取られたことが起点となって、先ほどまでの妙な緊張からはすっかり解放されていた。

「実家では、料理とかしてたのか？」

料理の話から膨らませるように俺が話題を振る。実家での暮らしぶりは気になっていたところでもあったのだ。

沙優は穏やかな表情で頷《うなず》いた。

「……うん。最初は、私がご飯作ると、お母さんはなんていうか……どうしていいか分からない、みたいな顔してたんだけど」

そこで言葉を区切って、沙優はどこか嬉しそうに視線をテーブルの上に落とす。

「だんだん、穏やかな表情で食べてくれるようになってさ……」

「……そうか」

「うん。東京の大学に進学が決まった時にね……『あなたの料理が食べられなくなるのは、ちょっと寂しいわね』って……言ってくれたの」

それを聞いて、俺は胸の内に熱い何かがこみ上げるのを感じた。

俺が最後に見た沙優の母親は、沙優に対して一方的に怒鳴りつけて、自分の感情の制御の仕方も分からなくなっている状態だった。そんな母親と、沙優はもう一度、関係を築きなおしたのだ。それが簡単なことではないということくらい、俺にだって分かった。

「……良かったな、本当に」

俺が神妙にそう零《こぼ》すと、沙優も噛《か》みしめるように、頷いた。

「うん……吉田さんのおかげ」

「いや、沙優の努力の結果だろ。丁寧に関係を築きなおしたのはお前だ」

「それは……そうかもしれないけど。でも、吉田さんがきっかけをくれなかったら、きっと、こうはならなかった」

沙優はおだやかにそう言って、丁寧に俺に頭を下げた。

「改めて、本当にありがとうございました」

「いや、いや、やめろって」

「ううん。私吉田さんとの再会にばっかり喜んじゃって、まだちゃんとお礼言えてなかったなって思ってたの」

「そんなの、いらねぇよ」

素直な気持ちが、何かを考えるよりも先に口から漏れ出す。

「……こうして、大人になった沙優を見られただけで……俺も、胸がいっぱいなんだから」

俺の言葉に、沙優の瞳《ひとみ》が一瞬潤んだ。が、すぐに彼女はズ！　と大きな音を立てて洟《はな》を啜《すす》って、「はー」と息を吐いた。

「あんま嬉《うれ》しいこと言わないでよ」

「先に嬉しいこと言ったのそっちだろ」

互いに文句を言い合ったのちに、揃《そろ》って失笑する。

「ほんと……北海道から逃げてきたときは、こんな未来想像ついてなかった」

「俺だってそうだ。沙優と出会ったことも、それから何年も経ってからこうして二人で出かけることになるのも、想像できるわけもない」

最近、誰かとの会話の中でであったり、一人で考え事をしているときであったり……様々な場面で、何度もこの思いに立ち戻らされている気がする。

想像だにしないことが俺の人生に起こって、気が付けば、その状況の真っただ中にいる。

想像していなかったことだというのに、その状況を受け入れて、何をするべきか考えている。思い返せば、これまで起こった何もかもがその繰り返しだったことに気が付いて……

それは、そうなると、自分は奇跡のような確率の中で生きていると思うのだ。

沙優と出会ったこと、そして別れたこと、それから……また再会したこと。

それらすべてが、すでに俺の人生の一部であり、喜びとして感じられていた。

「吉田さんの話も、聞きたいな」

沙優は柔和な笑みを浮かべながら俺の目を見て言った。

「俺は……仕事してただけだよ。沙優が帰ってからも」

「ほんとに？」

「ああ」

「ほんと〜〜に？」

沙優は意地悪く首を傾げた。

彼女は、俺が今意識的に言及を避けようとしたことについて、訊《き》きたいのだろう。

溜息をついて、遠慮がちに彼女に視線を送る。

「……いいのか？　話して」

「なんでそっちが気を遣うの。私が訊いてるんだから、いいに決まってるでしょ」

沙優はほんとうになんてこともないというように、苦笑しながらそう答えた。

「……分かった」

彼女が訊きたいのは俺の『恋愛』の話だと、分かっている。

俺は覚悟を決めて、口を開いた。

そして、沙優が帰ってからの、後藤さんとの関係の変化について話す。三島《みしま》との件は、あえて伏せた。後藤さんとのことを話しておいて、あまりに〝身勝手な分別〟だとは思うのだが……三島は、勝手に沙優に話したら絶対に怒るだろうな、と思ったのだ。

俺と後藤さんとの間で起こったことを、包み隠さず、話す。まあ、あまりにも生々しい部分については当然、ぼかしたが。

沙優は思った以上に朗らかに相槌《あいづち》を打ちながら、おだやかに俺の話を聞いていた。

「……なるほどね」

二年弱にわたる、俺と後藤さんの――あまりに遅々とした――恋愛模様を語り終えると、沙優はくすりと笑って頷いた。

「吉田さん視点だと、そうなるんだ」

沙優の発言に、俺は思わずきょとんとしてしまう。

「俺視点？」

「うん。実はね、私、東京に来てから、後藤さんと一回二人で会ってるんだ。そこで、後藤さんからも大体聞いた」

「なっ……いつの間に……！」

そんな話、後藤さんから聞いてないぞ……と、俺が慌てている間に。

沙優の表情がスッと変化したのが分かった。彼女の視線がどこか鋭くなる。

「なんかさ……なんだかんだで、二人とも受け身だよね」

「え……？」

ドキリとする。彼女の表情、それから、言葉。それらが俺の心の〝痛いところ〟を突いてくるような気がした。

「結局、二人とも相手の気持ちに行動のすべてを委ねてる。だから、本当は欲しいものが手に入らない。手を伸ばしてるフリしながら、結局、勝手に手の中に転がり込んでくるのを待ってるだけ」

耳が痛かった。でも……俺と後藤さんだって、葛藤《かっとう》の中にいるのだ。しかも、その葛藤の中核には、沙優の存在がある。その話を聞いてもなお、こんな言葉を本人から言われるのか。少しだけ、理不尽な思いになった。

しかし、それを言い訳のように言葉にする気にもならない。

「辛辣《しんらつ》だな……」

結局、しょぼくれた返事をするほかになかった。

沙優はむっと唇を尖《とが》らせてから、斜め下を見る。

「だって……なんか、ちょっとムカつくもん」

彼女はそう零《こぼ》してから、また、俺を両の目でとらえる。

「私を変えてくれた人が……そんなところだけ、いつまでも変わらずにいるのが」

空気がピリ、と張りつめたような感覚があった。

吉田は変わった、と、たくさんの人に言われてきた。自分は変われている、と、そう思えていた。しかし、沙優だけは、俺に「変わっていない」と言った。その意味を、ぐるぐると考えてしまう。

少しの沈黙ののち、沙優は場の空気を変えるように、ニッと笑う。

「なーんてね！　ほら、たくさん喋《しゃべ》ってる間に食べ終わったね。そろそろ行こっか」

「あ、ああ……そうだな」

コロリと変わった沙優の雰囲気に呑《の》まれつつ、確かにすっかり食べ終わった上に結構な時間も経っていたことに気付き、伝票を持って席を立つ。

しかし、会計に向かいながらも、沙優の言葉、そしてあのピリリとした雰囲気が脳裏にこびりついて離れない。

「吉田さん！　半分出すからね」

レジ前に並ぶと沙優が俺にどん、と身体《からだ》をぶつけて言った。

「いや、これくらい俺が……」

「やだ！　半分出させて。ほんとは奢《おご》りたいくらいなんだから」

「いやいや、なんでお前に奢ってもらうんだよ」

「って言うと思ったから！　半分出させてって言ってるの！」

強固に言われて、俺もしぶしぶ頷く。どうも年下の女性、しかも学生にお金を払わせるのは気が引けたが、本人が強く望むのならそれを断る理由もない。

やけに嬉しそうにお札を財布から取りだす沙優と共に会計を済ませて、レストランを出る。

また嬉々《きき》として俺に腕を絡めて歩く沙優を横目に見るが……すっかり、いつも通りの様子だった。あの時一瞬感じたじとりとした〝怒気〟は、すっかり鳴りを潜めている。

……こういうところを見ても、やはり、彼女はすっかり大人になったんだなぁと思った。

スッと感情を出したかと思えば、次の瞬間にはしまい込んでいる。俺にはまったく、感情の動きを読み取ることはできなかった。

「今ね、博物館で『海』展がやってるんだよ」

「海？」

相変わらず俺に胸を押し付けるようにしながら歩く沙優が、ワクワクした声色で言う。

「そう、海」

「海好きなのか？」

「うーん……ざっくり言ったら好きではあるけど、ものすごく好きなわけでもないかも」

「……なのに見に行きたいのか？」

俺が訊くと、沙優ははにかみながら頷《うなず》く。

「うん。当分、一人でも、博物館に通おうと思ってるんだ」

「通うのか？　どうして」

「……夢のために、もっといろんな知識が欲しいなと思って。ほら、私……すでに、あんまりいい学歴じゃないし」

夢、学歴、という言葉が沙優の口から飛び出して、俺は呆気《あっけ》にとられてしまう。

「その夢っていうのは……職業、みたいな意味か？」

「……うん」

どこか静かな力のこもった声で、沙優は首を縦に振る。

「学歴が必要な職業なのか？」

「一般的には……そう」

「そうか……その……」

訊いてもいいものなのか、迷う。が、興味が勝ってしまった。

「その職業っていうのは」

「えへへ」

沙優は照れたように笑って、俺の言葉を遮った。

「ごめん、内緒」

「そうか……内緒か」

「そんな寂しそうな顔しないで。その、さ……」

沙優はもじもじと身体《からだ》を小さく揺すってから、言う。

「……叶《かな》ってから、言いたいなって」

その言葉を聞いて、なんだか、沙優らしいなと思った。そして、そうであるならば、無理に訊こうとは少しも思わない。

「そうか。それじゃあ……叶《かな》うの楽しみにしてるよ」

俺がそう言うと、沙優は目を輝かせて「うん！」と頷いた。

なんだか……いろいろな意味で、ドキドキさせられる日だと思った。

外見的な意味でも、内面的な意味でも、自分の知るころよりもグッと大人になった姿にドキドキし……こんなふうに、現実を見据えて夢のための努力をしているところを見せられるのも、気持ちが高揚した。

いろいろな角度から、彼女の成長を見せつけられている。そういうデートプランとして、意識して沙優がこのデートを構成したのだとしたら……本当に、大したものだと思う。すっかり沙優の思うつぼで、俺は彼女の魅力をこれでもかと見せつけられているのだ。

博物館に着き、チケットを買って、特別展に入場する。

そこはなんだか外とは別世界のような空間だった。

のんびりと歩いて展示物を見ている間に、大雑把な『海』という概念から、枝分かれした、海そのものの細かな特性や、生態系にいざなわれてゆく。深海についての展示があるエリアでは、深海に物を落とした際に水圧でどれだけそれが潰《つぶ》されるかの分かりやすい比較が置いてあったりして、何も知らない俺でも視覚的に楽しむことができた。

沙優は、展示のすべてを見逃さないというように、時々俺の方に意識を向けながらも、夢中になって見ていた。ときどき話しかけてくる以外は、基本的に俺は近くにいるけれどほっとかれている……というような状況だったが、そんなことはまったく気にならない。

俺は俺で、展示を楽しみながら……たびたび横目で、展示に目を輝かせている沙優を眺めていた。それだけで……とても、楽しかった。

さっきの話では、彼女は多くの知識を得るために勉強として博物館に来た、というような言いぶりに聞こえたのだが……俺には、その〝知識を得る〟という行為自体を前向きに楽しんでいるように見えた。そんな姿が、俺にとってはとても眩《まぶ》しいのだ。

ままならない現実から逃げて、逃げて、逃げた末に俺と出会った沙優。元の生活への戻り方が分からず、怠惰に過ごすことを自分で許せるわけでもなく、彼女は俺の家にいる間も、どこか必死だった。自分の〝居てもいい場所〟を、必死で探しているようだった。

そんな沙優が……今では自分の居場所を自分で決めて、それから……〝これから行く場所〟に想いを馳《は》せながら、前に進んでいる。

その姿を見られるだけで、俺は胸がいっぱいになる気持ちだった。

しかし。

その感慨深い感情が一つの大きな山を越えた時……ふと、思った。

やはり、俺は……彼女の成長を、〝大人〟の視点で見ているような気がしたのだ。

展示を見つめる沙優の横顔を盗み見る。

以前よりすべてにおいて隙のなくなったように感じられる沙優の横顔。まるで作り物のようだと思った。

けれど、その浮世離れした美しい顔を見て……控えめに言っても大きいとしか表せないその胸を押し当てられて。確かに、ドキリとはした。彼女の〝女性の部分〟を感じて、なんとも言えない緊張と高揚を覚えたのは間違いない。けれど……。

それでも、俺は。

沙優と再び一緒に暮らしたり。

沙優とキスをしたり。

沙優の服を自分で脱がし、その身体を抱いたり。

そういう想像を……一切、しなかった。

今、彼女と一緒に密室に閉じ込められたとしても、そういう気持ちが湧くことはないのだと、理解している気がした。

俺は今日、沙優と過ごして……過去の沙優のことを回想し、そこからの変化を喜ぶことはしても……これからの自分の生活の中に〝溶け込む〟沙優のことは、考えなかった。

それに気付いた時……俺の胸は、激しく痛んだ。

俺は……選択するつもりで、ここに来た。

うんと考え抜いて、沙優との結論を出す気でいたのだ。

けれど……そんな気負いも覚悟も関係なく……気付けば、答えは出てしまっていた。

そして、その答えを意識した途端に、苦しくなった。

半ば分かっていたことのはずだ。こういう結論にたどり着くことは、想像がついていた。だというのに……やはり、俺はそこにたどり着いた後のことに、向き合う覚悟が全く足りていなかったと思い知る。

他のすべてにおいて好ましいと感じている沙優のことを……ある一点でのみ、はっきりと拒絶しなくてはならない残酷さについて、俺はずっと考えずにここまで来てしまったのだ。

「吉田さん？」

気付けば、真横に沙優がいた。びくりと肩が跳ねる。

「どうしたの？」

「あ、いや……なんでもない」

「……そう？　具合悪かったりしない？」

「大丈夫、大丈夫だ。ちょっと考え事をしちゃってな」

「……そっか」

沙優はスンと鼻から息を吐いて、もうすぐ近くに見えている展示スペースからの出口を指さした。

「もう終わりだね。ごめん、かなりのんびり観ちゃった」

「いやいや、気にするなよ。俺もかなり楽しめた。むしろ、戻って見直したい場所とかないのか？」

「ううん、じっくり見たからもう大丈夫」

ニコリと笑って、沙優が俺より先に歩き出す。

「もうすぐ日が暮れちゃうし、そろそろ出よ！　付き合ってくれてありがとね」

「お、おう……！」

今までののんびりなペースとは打って変わって、すたすたと歩きだした沙優を追う。

特別展を出て、沙優はうーんと身体を伸ばした。

「すっごい楽しかった！　今までよりもずっと海に興味持てるようになったし、本とかも読んでみようかなって気持ちになった！」

「そうか。有意義だったなら良かった」

「うん！　吉田さんが一緒にいてくれたのも、嬉《うれ》しかったよ」

「……それも、そう思ってもらえたなら光栄だ」

俺が頷くと、沙優ははにかむように笑って、博物館の出口へと向かう。

博物館を出て、駅へと向かう途中……沙優は、しばらく黙っていた。

そして、日中は俺の腕にしがみつくように腕を絡めて歩いていた沙優だったが、博物館を出てからは、大人しく俺と間隔をあけて歩いていた。

「ねえ、吉田さん」

駅が近づいてきた頃に、沙優が口を開いた。

「最後に、行きたいところがあるんだ」

沙優が言うので、俺は彼女の目を見る。行きたいところには、どこでも付き合うつもりだった。

「うん？　どこに行きたいんだ？」

俺が訊《き》くと、沙優はおだやかな表情で、ぽつりと言った。

「吉田さんの家……行きたい」

13話 思い出

「お、俺の家……？」

あからさまに狼狽《ろうばい》する俺を見て、沙優《さゆ》は苦笑しながら首を縦に振った。

「うん。最後にね、一緒に住んでたころの思い出に浸りたいな～って思って」

「そ、そうか……思い出か……」

俺は変な汗をかきながら、考えを巡らせた。

沙優が行きたいというところにはどこにでも連れて行ってやろうと思っていた。今でもそうしたいと思っているし、俺の家に行きたいというのなら連れて行ってやるべきなのだろうと思う。が……さすがに、いろいろと問題があるような気もして……。

俺がぐるぐると考え込んでいるのを察してか、沙優はくすくすと笑った。

「大丈夫だよ。変なことは絶対しないから」

その言葉に、俺は一瞬ぽかんとしたのちに。

かえって、冷静になった。

「いや……それはこっちが言うセリフなんだよ……」

俺がそう言うのに、沙優は声を上げて笑った。

電車に乗り込み、博物館での展示で互いに一番興味が湧いた部分などをゆっくりと語り合った。少し話しては、黙り……また思い出したように話しては、黙り。

なんだか、お互いに『デートが終わるのだ』ということを理解しているような、少しずつ終着点へ向かっているような……おだやかな時間だった。

最寄り駅に着き、俺にとっては〝家路〟といえる道を歩く。

途中で初めて沙優と出会った電柱を通り過ぎた。沙優はちらりと俺の方を見て、くすりと笑う。俺も、それにつられるように笑った。不思議と、〝懐かしい〟という気持ちは湧いても、感傷的な気持ちにはならなかった。

あっという間に家に着き、鍵《かぎ》を回し、ドアを開ける。沙優を先に玄関に入れてから、俺も中に入って扉を閉じた。

靴を脱いで、沙優は「は～！」と大きな息を吐いた。

「なんか懐かしいけど……なんだろ」

沙優は廊下にくっつく形になっているキッチンに視線をやってから、ぽつりと言った。

「……やっぱり、他人の家、って感じがする。今は」

「そうか」

俺は静かに頷《うなず》いた。

「それは……お前が成長した証だよ」

俺の言葉に、沙優は無言で口角を上げてみせるのみだった。

たったっ、と軽快に居室に入って行き、沙優は冷蔵庫の扉を開けた。そして中身を見て、「わ」と声を上げる。

「ほんとに食材入ってる！」

「だから、自炊してるって言ったろ」

「ほんとにちゃんとやってるんだねぇ。疑ってたわけじゃないけど、あんまり想像ついてなくて」

「ま、それはそうだろうな」

俺が鼻を鳴らすのをよそに、沙優は冷蔵庫と冷凍庫を順に開けて、中身を興味深そうに見分していた。

部屋の中にいる沙優を見て、俺はふと思い出すことがあった。

「ああ……そうだ」

俺はクローゼットに向かい、その扉を開ける。そして、中から一枚のシンプルなTシャツを取り出した。

「ほら、これ」

手に持ったTシャツを沙優の方に差しだすと、彼女は目を丸くしてそれを見た。

「……捨てて良かったのに」

そう言われて、俺は反射で首を横に振った。

「捨てられるわけないだろ」

「なんで？」

真っすぐ問われて、俺は言葉に詰まった。

なんで？

そう訊かれると、言語化が難しい。捨てようと思うことすら、なかった。ただ、だからといって何度も取り出して沙優のことを思い出していたわけでもない。ただただ、クローゼットの中にあった。

「なんでだろうな……」

沙優が北海道に帰った時点で、俺は、彼女がまた自分のもとに戻ってくることはないと思っていた。元の生活に戻れさえすれば、彼女は自分の人生を切り開いていけるだろう、そうなれば、もう自分に会いに来る必要もないだろう……と、本気で思っていた。

女性サイズのTシャツを自分で着られるはずもなく、確かに、処分してしまったほうが合理的とも思えた。

そうだというのに、とっておく理由があったとしたならば。

「……思い出、だから、かな」

思いついた言葉を、そのまま口にした。その言葉は、思ったよりも、自分の心の中の本質が形になったもののような気がした。

俺の言葉を聞いて、沙優がはっと息を吸った音が聞こえた気がした。そして、その顔に、切ない色が浮かぶのが、俺から見ても分かった。

「そっか……思い出か」

沙優はしばらく俺の手の上にあるシャツを見つめた。それから、スッと息を吸って、それを手に取る。

「吉田《よしだ》さんが着ないならもらう」

「着られねーよ。サイズも合わないし」

「あは、そうだよね」

沙優は可笑《おか》しそうに笑ってから、おもむろに、Tシャツを両手で抱きしめるようにした。

そして、小さな声で言う。

「…………私も、思い出にするね」

「……え？」

「ね、吉田さん。今日のデート楽しかったね！」

沙優が顔を上げ、無邪気に笑った。俺も、素直に頷く。

「ああ。楽しかった、とても」

「……ドキドキした？」

挑戦的な微笑《ほほえ》みを浮かべる沙優。

「……正直、した」

「ずっと当ててたもんね」

「やっぱりわざとかよ」

「当然です〜。私、軽い女じゃないから」

「……ああ、知ってるよ」

「…………ドキドキしてくれたんだったら、さ」

沙優はそう言って、濡《ぬ》れた瞳《ひとみ》を上目遣いにして、俺を見た。

その表情はとても大人びていて、成熟した人間からにじみ出る「打算」が感じられて、俺はまたなんとも不思議な気持ちになった。本当に……大人の女性に、なっている。

俺は一歩前に進み、沙優の目の前に立った。そして、彼女の両手を握った。沙優は不意を衝《つ》かれた様に、少し子供っぽい表情に戻る。

「そうだな、沙優……」

どこから、話したものか。そう考えてから、思い直す。

すべて、話すべきだ。

「お前はもう、素敵な大人になった。俺から見ても魅力的で、女性らしさに溢《あふ》れてて、美人で」

俺がつらつらと話し出すのに、沙優は顔を赤くしながら、慌てていた。

「よ、吉田さん……？」

「ガキ扱いしてた頃のお前とは、まるで違うように感じる」

「そ、そうなんだ……？」

視線がちょろちょろと動き回る沙優。さっきまでの余裕はまるで感じられなかった。

「だから……戸惑ってたんだ、俺は」

そう口にしながら、ようやく、自分の心の中が整理されていくような気がした。心の中で複雑に絡み合っていた糸が、言葉になって、一つずつほぐれていくような感覚。

「俺はきっと、お前がここに住んでいる時から、その魅力に気付いてた。でも、ガキ扱いすることで逃げてたんだ。沙優はまだ未成年だから。自分がそういう〝守るべき存在〟に女性らしさを感じることに、引け目を感じてた。そういう部分に目を向けないことが、自分の〝神聖さ〟を守ると信じてた。今でも、その判断は間違ってなかったって思う」

俺は沙優から目をそらさず、話した。沙優の瞳を見つめていると、彼女は怯《おび》えているようにも、続きを聞きたがっているようにも見えた。きっと、その両方の色が、確かに瞳の中にあるのだと思う。

「でも、だからこそ……こうして、大人になったお前が目の前に現れて、混乱した。今になっても俺のことを好きだってことが分かって、困った。俺はさ、いつも、〝近くにいる人〟を好きになるタイプだったんだ。気が付いたら好きになって、好きになってからは、その人のことばかりを考えて。そういう現象のことを〝恋〟だと思ってた。だから……初めてだったんだ、ずっと近くにいた、〝魅力的な人〟に、恋をしなかったのは」

ずっと近くにいた、〝魅力的な人〟。それはもちろん、沙優のことだ。

一緒に住むようになり、俺は沙優の魅力にどんどんと気付いていった。しかしそれらはすべて、『こんな魅力的な子は、ごく普通の生活に戻すべきだ』という大きな目標に上塗りされた。彼女に向けた自分の感情がどんなものだか確かめる前に、俺は意図的に、フタをした。

きちんと確かめる前に、埋めてしまったから。解を記す前の答案用紙を破いて捨ててしまったから。俺は……こんなに時間が経っても、その問題の解き方を思い出すことができなかった。何もかも、俺のせいだ。

「お前の保護者でいなくて良くなった途端に、どう接したらいいか分からなくなった。もう一つ、ずっと前からある恋心と……沙優を大切に思ったり、成長を喜んだり、可愛いと思う気持ちの間で雁字搦《がんじがら》めになって、結局、また俺は〝恋心〟に逃げようとした。元からそこにあったものを信じる、なんていう投げやりな答えで、自分を納得させようとしてた」

身体《からだ》の中に心がいくつもある。そう思った。

後藤《ごとう》さんをずっと好きだった。付き合いたいと思っていた。相手も俺のことを好きだというのに、なぜ、そういう関係になれないのか、気が急いた。焦《じ》らすようにする後藤さんに憤りを感じた。

けれど、後藤さんの言うことも、心のどこかでは納得できていた。沙優は自分の人生を立て直した。その途中で見つけた恋を大切に抱え、自分の意志で、もう一度俺に会いに来た。そんな彼女の恋を邪険に扱っていいものか。そんなわけはない。分かっていた。でも、その気持ちに真正面から向き合おうとすると、気をおかしくしそうだった。

後藤さんが好きだ。でも、沙優のことも大事だ。後藤さんを愛したい。でも、沙優のことも傷つけたくない。

すべての〝心〟が、同等の音量で主張して、だったら、俺は何を選べばいいのか。何を選べば〝正しい〟というのか！

「でも……」

震える声で、俺は言った。

「皆が……教えてくれた」

情けない男だ。こんな歳になって、まだ、何かを決めるのに、誰かの力を必要としていたことに、今さら気が付いた。

就活中に出会った女性が、新しい恋に導いてくれた。

ある日突然出会った女子高生が、自分の人生を切り拓くことの難しさと、尊さを教えてくれた。

生意気な後輩が、自分の気持ちに正直に生きることの大切さを教えてくれた。

再会した先輩が、失えば二度と手に入らぬものがあると教えてくれた。

同居人の親友が、自分の欲と向かい合う姿勢を教えてくれた。

おちゃらけた同僚が、本当に大事な願いを諦《あきら》めないという選択があることを教えてくれた。

そして……。

大人になった、沙優が。もう一度……大切な人と、向き合うやり方を、教えてくれた。教えてもらうたびに、ああ、そうかと分かった気になって……それらはぽろぽろと心から零《こぼ》れ落ちていたのだと思う。意味を持たないまま、形骸《けいがい》化したセンテンスとなり、俺の身体の中に溶け込むことのないまま、歩みを進めるたびに少しずつ消失していた。

でも、その中のどこかひとかけらずつは、身体のどこかに残っていて、それらがようやく……ようやく。長すぎるほどの時間をかけて、俺の中で、つながったのだと思う。

多くの奇跡をたどって、出会ってきた人たちの教えに背中を押されて……俺は、ようやく、選び取れる。激しい胸の痛みを受け止めながら、選ぶことができる。

「今日……お前が俺とデートしてくれて。それで……ちゃんと、分かった」

気付けば、俺は涙を流していた。視界がぼやけていても、目の前の沙優と目が合っていることだけは、分かった。

沙優は、優しく微笑《ほほえ》んでいた。

「俺は……俺けな、沙優」

「うん」

沙優が、俺の手を優しく握り返す。

「お前に……大人になったお前に…………幸せに、なってほしい……」

「……うん」

「でも……ッ」

嗚咽《おえつ》が漏れる。

その最後の一言を言うのが……恐ろしかった。何かを選ぶことがこんなに、震えるほどに怖いとは、思わなかった。

ずきずきと胸が痛む。けれど、言わねばならない。そうしなければ……終われない。

「俺は…………俺は…………ッ」

結局、〝正しさ〟など、要らなかった。

正しさを求める心が、俺の本当の心を……ずっと覆い隠してきたと、ようやく気付いた。

最後は皆……自分勝手に、選ぶのだ。

「大人になったお前を……」

鼻水が垂れている。

「これからも大人になっていくお前を……」

みっともなく泣きながら、俺は、言った。

「俺が……俺自身の手で、幸せにしてあげたいとは…………思えない…………ッ！」

心に突き刺さった大きな大きな棘《とげ》が、ずるりと抜けたような、気がした。

俺の手を、沙優が、強く握った。

「うん」

沙優は、俺の目をじっと見つめて、微笑んだ。

「……分かってたよ」

まただ。俺が泣いていて、沙優は笑っていた。

どうしていつも、肝心な時に、俺は弱くなってしまって、泣いてしまうのだろうか。そう思いながらも、止められなかった。

その場でひざをついてしまう俺を、沙優は抱き留めて、頭を優しく撫《な》でてくれた。

「ごめんな……ごめんな、沙優……ッ」

「ううん。ありがとう……本気で、考えてくれたんだね」

涙が止まらなかった。

沙優が好きだ。たまらなく好きだ。幸せになってほしいのだ。大人になって、もっと魅力的になって、堂々と生きていってほしい。その姿を見たい。一番近くで見ていたい。大切にしてやりたい。願いを叶《かな》えてやりたい。

それのすべての感情は本物だと分かっている。

けれど……ただただ、それは、〝恋〟ではなかった。

どれだけ大人になって魅力を携えた沙優を見ても……心のどこかで、俺は後藤さんを想っていた。抑圧すればしようとするほど、デートの途中でも、仙台《せんだい》にいる彼女のことを思い浮かべてしまった。

だから。

どれだけ愛おしく思っていても……俺が、沙優のことを、彼女の求めるような形で〝幸せにする〟ことはできないと、悟った。

自分の心と向き合って、答えを出した。ただそれだけのことなのに……つらくて、苦しくて、切なかった。

「吉田さん？」

泣き続ける俺の頭を抱きながら、沙優が言った。

「恋ってさ……難しいねぇ」

沙優の声は穏やかで、その声を聞くと、何故か、さらに涙が出る。

「変な話だけどさ……吉田さんのことが好きで、私はまた東京に戻ってきた。また会いたいって思って、私のこと好きになってほしくて、こうしてデートしてさ……でも、同時に、こうも思ってたんだ」

沙優が俺の頭を抱く力を緩める。俺はくしゃくしゃな顔面のまま頭を上げて、沙優を見る。

彼女は、困ったように笑いながら、俺を見ていた。

「吉田さんが、私のこと好きになるのは……なんか、ヘンだなって」

「……ッ」

俺は、何も答えられなかった。沙優はきっと……全部、分かっていたのだ。

「吉田さんのことを好きなのは、本当の気持ち。これは恋だって、はっきり分かる。吉田さんに好きになってもらいたいのも、本当。でもね……心のどこか、吉田さんに大切にしてもらった思い出が入ってる部分なのかな、そういう部分が、ずっと、『吉田さんは、後藤さんを好きでいるべき』って、主張してた。こうなること、分かってた」

そこまで言ってから、沙優は……にへら、と、笑った。

「こうなってくれて、安心した」

「……沙優」

「ねえ、吉田さん。……好きだよ。ここで一緒に住んでた時から、ずっと」

沙優はまっすぐに、そう言った。俺も、頷《うなず》く。

「ああ……そうだったんだよな」

「うん、そうなの。だから……」

一瞬、瞳《ひとみ》を揺らしてから。

沙優は俺を見つめて、ゆっくりと言った。

「返事を……聞かせて？　今度は、ちゃんと」

その言葉の意味を、俺はよく分かっていた。

初めて沙優に告白された時、俺は「ガキには興味ねぇんだ」と、答えた。

嘘ではなかった。けれどそれは……結局、自分の心と向き合わぬままに出した、不誠実な保留の返事でもあったのだ。ただ……それを、あの時、彼女が許してくれただけだ。

俺は涙を乱暴に拭《ふ》き、息を整えて……沙優がそうしてくれるのと同じように、彼女の両の目を見た。

深く息を吸いこんで、答える。

「……他に好きな人がいるんだ。だから……沙優の気持ちには応えられない」

俺の答えを聞いて、沙優も、すう、と息を吸いこんだ。

それから、沙優は再び、あの特徴的な笑みを浮かべて……頷いた。

「うん。分かった」

沙優がそう言うのと同時に……俺も、沙優も、身体が脱力するのが分かった。二人そろって、すとんと床に尻《しり》をついた。

数秒の沈黙の末、沙優はくすくすと笑った。

「あーあ！　フラれちゃった！」

大きな声でそう言ったかと思えば、すくっと立ち上がり、沙優はその場で大きく伸びをした。

「はーっ……これでやっと……一人立ちできる気がする」

「……沙優」

「もー、いつまで辛気臭い顔してるの！　吉田さんのおかげなんだからさ」

「おかげって、お前……」

「吉田さんが泣いてるとこ見たの、二回め。しかも、二回とも私のために泣いてくれたんだよ？　嬉《うれ》しいよ、すっごく」

さっぱりとそう言って、「ほら！」と俺に手を伸ばす沙優。俺はなんとも複雑な気持ちになりながら、沙優の手を取って、引き起こされる。

俺が立ち上がると、今度は沙優が俺を見上げる形になった。沙優はどこか挑戦的に笑いながら下から俺を見る。

「吉田さんってさ」

「……なんだよ」

「重くて、古典的で、暑苦しいよね」

「なっ……!?」

急にあからさまな悪口を言われて、目を白黒させてしまう。あれだけ止まらなかった涙も、さすがにもう引っ込んでいた。

「別に、幸せにしてほしいなんて思ってないよ！　私の幸せの一部に、吉田さんがなってくれたらな～って、思ってただけ。逆も同じ。吉田さんの幸せの一部になりたいな～って、思ってただけ！」

沙優はそう言ってくすりと笑った。

それは、もう、なってるよ。と、言いたかったが……やめた。沙優はもう全部分かった上で、言っているのだ。沙優は、俺の幸せの一部になりたい、と言ったが……俺が今思っているそれよりも、もっと特別なものを欲していた。その〝特別〟は、俺が唯一、沙優に与えてやれないものだ。もう、お互いに、分かっている。

「私この後しっかりヘコむけど、別に、大丈夫だよ」

そう言って、沙優はわざとらしくニッと片方の口角を上げてみせた。

「私、もう大人だから！」

その言葉に、俺は軽口を返すような気持ちにはなれなかった。

「ああ……本当にな」

俺が頷くと、沙優は「もー」と唇を尖《とが》らせて、「突っ込んでくれないと恥ずかしいじゃん」と照れ臭そうに言った。しかし、本当に、茶々を入れるようなことではない。彼女は、俺が思うよりもずっと、大人になっていた。……俺の方がみっともなさを感じてしまうくらいには。

沙優は廊下に置いていたポーチを肩にかけた。

「じゃ、帰るね。フラれたのに入り浸っちゃ申し訳ない！」

「駅まで送るよ」

「……いいの？」

「当然だろ。……あ、ちょっと顔だけ洗わせてくれ」

「あはは、もちろん。ごゆっくり」

沙優はくすくすと笑って頷いた。

俺はそそくさと洗面所に行き、じゃばじゃばと顔を洗って、タオルで拭いた。

洗面所を出てちらりと玄関に立っている沙優を見たが、本当に、けろりとした表情で壁の方を見つめている。

多少は、強がっているところもあるのかもしれないが……きっと、彼女はとっくに覚悟を決めていたのだろう。もしかしたら、東京に来ると決めた時から。

「行こうか」

俺が言うと、沙優は「うん！」と元気に頷いて、一足先に玄関を出た。俺もすぐに靴を履き、沙優に続いて外に出る。鍵《かぎ》を閉めて、「暗いから階段気を付けろよ」などと沙優に声をかけながら階段を降り、アパートのエントランスを出たところで。

ふと、数メートル先に人影があることに気が付いた。

その人物を認識した途端、俺も沙優も、驚いてぴたりと動きを止めてしまった。

目を丸くしながらこちらを見ていたのは……後藤さんだった。

14話 変化

結局、東京にいつ行くとか、そういう約束はできなかった。

仙台《せんだい》の社宅で、缶ハイボールを飲みながら、ぼんやりとテレビを見ている。音量は限りなく小さくて、ただただ、映像を眺めているだけ。その内容も脳には入ってきていない。

異動を終えて二週が過ぎようとしている。二度目の週末にもなれば、さすがに部屋の整理も落ち着いて、ようやくダラッとできる休日を迎えたような気がする。

吉田《よしだ》君は、私が異動したまさにその週末には仙台まで会いに来てくれた。先週会ったばかりだというのに、もう会いたいと思っている自分がいる。

吉田君が会いに来てくれるのを期待しているだけでは、次がいつになるかは分からない。彼がそうしてくれたように、私も彼に会いに行くべきなのだ。

けれど……吉田君が仙台に来てくれることと、私が吉田君に会いに東京に行くことでは……少しばかり、意味が違うように思える。

つまるところ、沙優《さゆ》ちゃんの存在だ。

沙優ちゃんが自分の恋を果たそうと東京までやってきて、吉田君との時間を過ごしているところに私が現れるというのは……まるで彼女の恋を邪魔しているようではないか、と思うのだ。

沙優ちゃんに対して「遠慮はしない」と決めたし、本人にもそう伝えた。けれども……やはり「遠慮をしない」のと「邪魔をする」のは大きく意味が異なる。私は自分の恋を果たしたいだけであり、沙優ちゃんの恋をじゃましたいわけではないのだ。

その両方の気持ちを、大切にすると決めた。

それに、沙優ちゃんが再び吉田君の前に現れ、その近くにいようとするのは予想していたことであり、むしろ吉田君が彼女の存在を自分の中で正しく認識するうえで、必要なことのように思える。

私と吉田君との間での結論を保留したのも、それが理由で……。

そこまで考えて、私は力なくソファの上で横になった。テーブルの上にあったリモコンを摑《つか》み、テレビを消す。

テレビの音がなくなると、壁掛け時計の針が進む音がやけに大きく部屋に響いているように感じた。

そう……保留だ。

すべての可能性の中から自分を選んでほしい。そう本心から思い決断を〝保留〟した。

しかし……その論理に決定的に欠落しているのは、〝自分が選ばれない可能性〟だ。

沙優ちゃんが生活に溶け込み、吉田君が彼女を選ぶというのなら、それは〝そういう運命だった〟と受け入れられる……そう、思っていたはずだったのに。

こうして距離が離れ、吉田君の様子を遠巻きにでも見ることができなくなった今では、常に、私の胸の内には不安の感情が渦巻いていた。

……今、二人はどうなっているのだろうか。

そんなことを考えていると、休日もまったく楽しむことができない。

一人で缶のお酒を飲む休日なんて、いつも通りのものだったはずなのに……今は、ハイボールの味も、アルコールが身体《からだ》に回ってゆく感覚も、いつものような快感として処理できなかった。

……自分は、また間違えたのではないか。

その言葉が胸の中に浮かんだ途端に、ぶわっ、と全身に鳥肌が立ち、ソファから起き上がる。

時計を見ると、午後十六時。今から新幹線に飛び乗れば、夜が更け切ってしまう前に東京に着けるのではないか。

そう思ってから、私が身支度を始めるのに時間はかからなかった。

吉田君に会いたい。しかし……連絡する勇気はない。

彼の家に行き、少し話ができるだけでいい。家にいなければ、きっとまだ沙優ちゃんと会っているということだ。……それなら、それでもいい。

とにかく……今彼がどうしているのかを、どうしても、知りたかった。

自分でも信じられないようなスピードで服を着替え、メイクをし、私は家を飛び出した。歩いている途中、スマホで新幹線のチケットを取り、新幹線に乗り込む。いつも休日はダラダラと過ごしているというのに、いざとなれば自分はこんなにも俊敏に動けるのかと驚いた。


『でもま、どの気持ちを一番大事にするかだけは、真剣に悩んだ方がいいんじゃない？』


新幹線に揺られながら、神田《かんだ》さんの言葉を思い出す。

胸の中に、たくさんの気持ちがある。私は、今まで……自分の気持ちを、意図的に押し殺して生きて来た。他人から見える自分、という偶像を完璧《かんぺき》に武装させることで、上手く世を渡り歩いてきて……それだけで、満足していた。

だから、自分の気持ちの質量を量ることもしなければ、たくさんある感情のどれを優先するかを考えたこともなかった。そういう工程に、どれだけの苦痛が伴うのかも、知らなかった。

家を飛び出した時点で、結論は出ていた。結局、私は、身体《からだ》がひとりでに動き出す段階になって、自分の気持ちを知ることになったわけだ。

そして……やっぱり、私はいつも、一歩、遅い。


来なければよかった、と、思った。

よりにもよって、沙優ちゃんと二人で家を出てくる吉田君を目撃することになってしまうとは、思ってもみなかったのだ。

沙優ちゃんはとびきりオシャレをしていて、可愛かった。彼女はもう自分で自分に似合う服を選び、顔に合ったメイクをすることができる。私のあずかり知らぬところで、彼女はすっかり大人の女性になっていた。

そして……私が傷ついたのは、吉田君と目が合った時のことだ。

吉田君はまず、驚いて……それから、「まずい」という顔をした。遠目でも、それが分かった。

「後藤《ごとう》さん……？」

吉田君が口を開いた瞬間に、私は身体が冷たくなるような感覚と、嫌な汗が噴き出す感覚を同時に得る。

「ふ、二人一緒だったのね。ごめんなさい、吉田君が一人だったらご飯にでも誘おうかなと思って。先に連絡すればよかったわ。今日は帰るわね」

そして、驚くほどすらすらと言葉が出た。返事を待つこともせず、私は踵《きびす》を返して、早足で歩く。さっさと彼らの前から姿を消してしまいたい。

二人で家を出て来て、どこかおだやかに笑い合う二人を見てしまった。

きっと吉田君のことだ……一線を越えるようなことはしていないと分かる。

でも……分かっていたことの、答え合わせをしてしまったような気がした。

彼の家は……〝二人の家〟だ。自分の手の出しようのないタイミングで、あの場所は〝そうなってしまった〟のだ。

勝ち目がない。やっぱり、こうなるのは運命だった。

覚悟していたつもりだったのに、こうして結果を目の当《ま》たりにすると、涙が出た。視界がにじみ、ハンカチを取り出して涙を拭《ふ》く。……我ながら、女々しいことだ。

でも、〝苦しくない〟と自分に暗示をかけることもできなかった。

とても、とても、苦しくて。

やはり、自分は恋をしていたのだと、痛いほど分かった。

失っていいなんて、強がりだ。選んでほしかった。その想いだけで突き進むべきだった。状況など考えずに、大人ぶって沙優ちゃんに気を遣ったりなどせずに、彼を手に入れるべきだった。

そんなことを考えて、また、自分が嫌になる。今さら、そんなことを思う権利が私にあるものか。

私は結局〝選べなかった〟のだ。吉田君を好きだと思う気持ちと、彼から唯一無二の愛を受け取りたいという欲と、沙優ちゃんのことを大切に思う気持ち。

そのどれが一番大きいのか、自発的に選ぶことができなかった。そして、ようやく選べたと思った頃には……もう遅かった。

私はやっぱり、保留して、失っていく。

みじめに涙を拭きながら、駅へと早足で歩いた。

彼が追ってくることはないと、分かっている。

「後藤さん……！」

早足で去っていく後藤さんを、追いかけようと、一歩足が前に出る。

しかし……俺は奥歯を噛《か》みしめて、その場に立ち止まった。

「…………」

今ここで後藤さんのもとに走れば、沙優を再び傷付けることになってしまう。

それに、駅まで送ると約束したのだ。

「……行こうか」

沙優のほうへ振り向いて俺が言うと、沙優は身体を固まらせて、俺を凝視した。それから、困惑したように視線が揺れる。

「……どこに？」

沙優が訊《き》いた。

「いや、だから……駅まで送るって話だった……ろ……」

俺の言葉は途中で勢いを失った。

沙優から明確に怒気が漏れ出したのが分かったからだ。彼女は俺を睨《にら》みつけている。

「何言ってんの？」

気圧されてしまったが、俺も深く息を吸って、調子を取り戻そうとする。

「駅まで送ってくって。そういう約束だったし」

「この状況で⁉ 駅くらい一人で行けるよ‼」

沙優が叫んだ。俺は反射的に身体をこわばらせてしまった。

彼女は目を吊《つ》り上《あ》げて、俺を怒鳴りつけた。

「なんで追いかけないの？ 私とのこんなしょうもない約束の方が後藤さんより大事なの？ 好きなんじゃないの⁉」

「沙優、何を怒って……」

「わっかんないかな、この期《ご》に及んで〝いい大人ぶろうとしてる〟のが腹立つんだよ！ 後藤さんが好きなんでしょ？ 私なんていいじゃん。デートはもう終わり、私の恋も、もう終わり！ でも吉田さんの恋は終わってないでしょ⁉」

「でも、一人で帰らせたら――」

「私を言い訳に使わないでよッ‼」

沙優の叫びに、俺はハッと息を呑《の》んだ。心臓を素手でぎゅうと握られたような気持ちになった。

「吉田さんだって結局怖がってるだけじゃん。せっかく私との関係にケリをつけたのに、今こんなことになって、それを説明しても後藤さんに分かってもらえるかわからないから、このまま追いかけてもどう言葉をかけていいか分からないから、だからまた保留しようとしてる。かっこ悪い……かっこ悪いよ！」

沙優は眉間《みけん》に思い切り皺《しわ》を寄せて、泣きそうにも見える顔をしながら俺に感情をぶつけていた。本気で怒っているのが、俺にも分かる。

「吉田さんはさぁ、私のこと助けてくれたじゃん。他の人がしてくれないこと、してくれたじゃん！」

沙優の切実な言葉が、俺の心に直接響いてくるような感覚があった。

「私のこと、変えてくれたじゃん！　なのに……なんで、自分は変わろうとしないの？」

沙優が俺の目の前まで歩いてきた。

そして、俺の胸をドン！　と拳《こぶし》で突いた。何度も、何度も、俺の胸を叩《たた》く。

それから……顔を上げて、沙優は叫んだ。

「吉田さんも……変わってよッ!!」

　俺は、すぐに言葉を発することができなかった。けれど、頭の中にかかっていた靄《もや》が、消えていくような感覚だけは、はっきりとあった。

　深く息を吸い込む。

　沙優がもう一度、今度は手を開いて、俺の胸を押した。

「早く行って」

　俺は何か言おうとして、口を開く。けれど、沙優はまた鬼の形相でこちらを睨みながら、強引に両手で俺の身体の向きを変えた。

「いいから、走って！」

　背中をぐいぐいと沙優に押され……俺は、ようやく頷《うなず》いた。

「沙優、ありがとう。……すまん」

　俺はそう言ってから、駆けだした。

「……そこで謝るところが、嫌い」

　背後で沙優が呟《つぶや》くのが聞こえた。

　しかし、振り返らない。もしそうしたら、きっと、沙優はまた激怒するだろう。

15話　想い

久々に走ると、息が上がった。

まだ後藤《ごとう》さんが去ってからそれほど時間は経っていないはず。駅へと向かったならばすぐに見つけられると思ったが……焦る気持ちと裏腹に、その後ろ姿を見つけることができない。

沙優《さゆ》に言われた通りだ。

少しずつ変わっている気になって、ようやく選択することができた自分に酔いしれて、俺は結局また、いつも通りの自分に着地していた。

約束は、約束をした順で。それが正しいことだから、そうする。

後藤さんと関わるようになって、その慎重さと、それに伴う臆病《おくびょう》さに辟易《へきえき》したものだったが……俺だって、大して変わりはない。自分の生き方を変えることに、無意識のうちに慎重になっている。

『吉田《よしだ》さんも……変わってよッ！』

沙優の叫びが脳内に再び蘇《よみがえ》る。

人は、変わる。人を変えれば、それを見て、自分も変わる。自分だけが同じ場所に立ち続けることなど、できるはずがないのに……俺はそれを認めることができずにここまで来てしまった。

あろうことか、その事実を俺にたたきつけたのは、数年前に俺が〝ガキ扱い〟した、沙優だった。こんなに情けないことがあるか。

そして……きっと、後藤さんも、少しずつ変わっていた。

その証拠に、彼女は〝俺に会いに来てくれた〟のだ。俺は……心のどこかで、彼女が自発的に俺に会いに来ることなどないと思っていたのだと思う。

後藤さんが突然現れて、沙優と一緒にいるところを見られて……俺は、彼女が自分に会いに来たことにまず驚き、それから……「どうしてよりによってこのタイミングなんだ」と思った。

タイミングも何もない。後藤さんが何を考えたのかは分からないが……それでも、俺に会いたいから、来てくれたのだと思う。

そんな彼女を、俺は……また、〝選べない〟せいで傷付けた。

いつまでも同じところに立っていてはいけない。変わらなければならない。強く、そう思う。

住宅街を走り抜け、駅に続く大通りに出たところで、ようやく俺は、探していた背中を見つけた。

「後藤さんッ‼」

俺が叫ぶと、後藤さんは振り返り、驚いたように目を丸くした。

俺は全力で彼女に駆け寄り、その腕を摑《つか》む。

「吉田君……なんで……！」

「なんではこっちですよ……どうして帰っちゃうんですか」

開口一番、謝ろうと思っていたはずなのに……何故か、俺の口からはそんな言葉が出た。

「だって、沙優ちゃんが……」

後藤さんの視線が激しく揺れている。俺と目が合わない。

「沙優も、帰るところでしたよ」

「でも、でも……二人で家から出て来て……」

彼女の言葉は要領を得ない。けれど……何を心配しているのかはさすがに分かった。

「沙優が、最後に思い出を感じたいって言うから連れて来ただけです。変なことは当然してないし……俺、ちゃんと沙優に気持ちを伝えましたよ」

俺の言葉に、後藤さんはハッと息を呑んだ。俺が「フッた」という言葉を避けたせいで、まだ誤解を与えていると分かる。

「……沙優とは付き合えない、と、伝えました」

後藤さんは喉《のど》の奥からハッ、と息を漏らした。それから、彼女の目尻《めじり》にじわりと涙がたまる。

「てっきり……特別な関係になったのかと思って……」

彼女の言葉に、ちくりと胸が痛むのが分かった。

なんだろう、言いたいこと、言うべきことがたくさんあったはずなのに、それらをすべて押しのけて、別の言葉が出る。

「そう思ったなら、逃げないで、訊いてくれたらよかったじゃないですか」

後藤さんは結局、まったく俺のことを信じていなかった。すべて頭の中で結論づけて、真実を知ろうともせずに、逃げてしまう。

それらに非常に腹が立ったけれど……分かっている、これらはすべて、自分に対しての怒りにも似ていた。

「……訊けるわけないじゃない」

　後藤さんは小さな声で言った。

「どうしてですか」

「訊けるわけないでしょ、そんなこと！」

　後藤さんは声を荒らげてから、今度はひるんだように息を詰まらせた。

「だって、それを訊いちゃったら……」

　後藤さんは涙をこらえながら、言った。

「本当に、終わっちゃうかもしれないのよ……？」

「ああ、もう！」

　俺はたまらず、声を上げた。

「やっぱり後藤さんは俺のことなんて微塵《みじん》も信じちゃいなかったんだ。〝すべての選択肢の中から自分を選んでほしい〟とか言いながら、本当は、俺が沙優のことを選ぶってどこか確信してて、自分と付き合い始めた後にそうなるのが怖いから、保留しただけだった、そういうことなんですね⁉」

「違う……私は……！」

　後藤さんは言い返そうと口を開くが、その続きが出てこない。

　俺は溜息《ためいき》をついた。自分を落ち着けるためにも。

言いたかったことは、こんなことじゃない。彼女を責め立てたいわけでもない。

でも……ここで、この瞬間に頭に浮かぶような言葉は……俺が、ずっと、本当は彼女に言いたかった言葉なのだ。そして、これを口にできなかったから、俺たちの関係はずっとこじれにこじれてきた。

俺も、後藤さんも……いい加減、心の中の本当の言葉を、言い合うべきだ。

「……俺たち、結局臆病なんですよ」

口にした途端に、ふつふつと、感情が湧き上がってくる。その感情に、正確に名前を付けてやることはできそうにない。

「本当はね……ずっと、ずっとずっとずっと！　あなたにムカついてましたよ‼」

俺が声を荒らげるのに、後藤さんは驚いたように目を丸くした。

「俺の一世一代の告白をあっさりフッたと思ったら、けろっとした顔で〝あれは嘘〟だなんて言って、俺のことを好きだと言うくせに、『付き合うのは今じゃない』とかわけわかんないこと言って！　最終的には、『付き合いたいと思ってるけど、他の女の子も見てからにして』なんて言う！　全部、俺にとっちゃ意味不明でした。俺の恋心を弄《もてあそ》ばれてるような気がして、イラついてたんですよ」

今まで溜《た》めこんできた感情を、何も考えずに、ぶちまける。

「でも……それを断れなかったのは……結局、俺も、後藤さんに嫌われるのが怖かったんだ。ただそれだけなんだ。そんな子供みたいな理由で……俺は言えなかった」

下唇を軽く噛《か》みながら、後藤さんは俺の言葉を聞いている。

相手のことを思いやる。相手の気持ちを優先する……。こういう言い方をすれば聞こえはいいが、その根底には「相手に嫌われたくない」という感情が少なからずあったはずだ。俺は自分の〝正しい〟と思うやりかたと、結論から逃げる気持ちを、一緒くたにした。そのせいで、どんどんと、泥沼にはまっていった。

「後藤さんの〝大人ぶった〟ところ……深く関わるようになってから、すごく苦手でした。でも……俺も同じだった。きっと、お互いに自分の本音を隠したままでいるから、こんなに上手くいかないんですよ、俺たち」

俺は後藤さんに一歩近づき、その手を取る。

「いいかげん、教えてください。後藤さんは、本当のところは、どう思ってるんですか。俺に、どうしてほしいんですか。言ってくれたら、俺は……」

後藤さんの日を見つめると、彼女の目尻に溜まり切った涙が、ついに零《こぼ》れ落ちる。そして、目を伏せながら彼女は言った。

「私……沙優ちゃんに吉田君をとられるかもしれないと思ったら、怖かった。怖くなって、不安で、それで、連絡せずに、ここまで来たの」

「だったら、逃げることないじゃないですか」

「ごめんなさい……あなたを信じてないわけじゃないの。私は……自分のことを信じられないの。どれだけ吉田君が言葉を尽くしてくれても、やっぱり、無理だった。私と、好きな人が結ばれる想像が、つかなかった」

「後藤さん」

俺がもう一度後藤さんの名を呼ぶと、彼女はおずおずと顔を上げて、俺を見る。

「俺は……もう、ちゃんと決めましたよ」

俺がはっきりと言うと、後藤さんは無言で頷《うなず》いた。

「沙優とデートしました。ちゃんと、俺と沙優の関係について答えを見つけようと思って。あいつとのデートは楽しくて、前よりもずっと大人になった彼女と並んで歩くのはドキドキした」

心からの言葉を、順に口にする。

「……でも、やっぱり。ふとした瞬間に、頭にちらつくんです。あなたのことが。どれだけ沙優とのデートでドキドキしても、常に、心の中に後藤さんの存在があった。そして……沙優とのことを一生懸命考えても……あいつとキスしたり、身体《からだ》を重ねたりする想像は、とうていできませんでした」

後藤さんの手を握る力を、強くする。

「……あれだけ離れても、やっぱり、俺はあなたのことを考えていました」

深く息を吸って……はっきりと、告げる。

「好きなんです……後藤さんのことが」

後藤さんの瞳《ひとみ》が激しく揺れて、それから、ぼろぼろと大粒の涙が零れだす。

「……ずっと、保留してきた。何か発言を、行動を間違えて、あなたとの縁が絶たれるのを恐れてた。でも、最初から、わがままに、こう言うべきだった。後藤さんがあれこれ言うのも無視して、付き合ってくれと言い続けるべきだった。約束なんて気にしないで、俺は京都で後藤さんを抱くべきでした。何もかも……自分の感情にちゃんと向き合わなかった、俺のせいです」

俺がそう言うのに、後藤さんはぶんぶんと首を横に振った。

「私も……失うことばかりを恐れてた。吉田君の心を手に入れた後に、それを失うかもしれないのが怖くて、怖くて……欲しがることに、躊躇《ちゅうちょ》してた。前向きな気持ちになったつもりで、結局、後ろを向いてた」

後藤さんも、俺の手をぎゅうと強く摑《つか》んだ。それから、震える声で、言葉を続ける。

「離れてみて、分かったの。得てから失うことよりも、ずっとずっと、得ることもなく失うことのほうが、怖いって。吉田君が沙優ちゃんのことを選んでも受け入れられる、なんて、強がりだった」

後藤さんは嗚咽《おえつ》を漏らしながら、涙を零しながら、それでも俺の目を見た。そして、言う。

「私を選んでほしい。他のことなんて、もう、どうでもいい。私のことだけ……見てほしい」

俺は、深く息を吸いこんで……それから、吐き出した。

自分でも気付いていなかった本音を、お互いに、口にすることができて……ようやく、俺たちの気持ちは通じ合った気がした。

「……やっと、そう言ってくれた」

「ごめんなさい……」

「謝る必要ないです」

後藤さんが悪いのなら、俺だって同じくらい、悪い。もう、互いに分かっていることだった。周りに言われる通り……俺たちの恋愛は、あまりに面倒くさくて、下手くそだった。

俺は覚悟を決めて、その場に右ひざをついた。後藤さんは目を丸くしている。

彼女の手をとったまま、言う。

「俺と……結婚を前提に、付き合ってください」

俺が言うと、後藤さんは顔をくしゃくしゃにしながら涙を流し、頷いた。

「……はい……喜んで」

こうして……俺と後藤さんの……七年にもわたる恋愛は、あまりにも長い紆余《うよ》曲折《きょくせつ》を経て……ようやく成就したのだった。

16話 将来

「……これって、あの公園に向かってるんだよね？」

隣を歩くあさみが、おそるおそる、といった様子で声をかけてくる。かなり気を遣わせてしまっているなぁ、と思いながらも……私は平然として頷いた。

「うん、久々に行きたくてさ」

「ふーん……そか」

あさみは曖昧《あいまい》な表情で頷いて、口をつぐんだ。

吉田《よしだ》さんが走り去って、自分でも驚くことに……私はすぐにあさみに連絡をした。

『今から会えない？』

と私がメッセージを送ると、爆速で既読がついて、『すぐ行く！』と返って来た。あさみの家の前まで迎えに行ったのだけれど、家から出て来ただけだというのにあさみは息を切らしていて、きっと自室から玄関までの間も走ってくれたんだなぁと嬉《うれ》しくなる。

しばらく無言で並んで歩き続けたところで、あさみが我慢しきれなくなったように、私に訊《き》く。

「あの……その……吉田さんとのデートは……？」

もごもごと質問するあさみに、私はくすりと笑って答える。

「もう終わったよ。だから呼んだんじゃん。すぐ来てくれてありがとね」

「う、うん……それは全然いいんだけどさ……その……」

「フラれたよ」

私があっさり言うと、あさみは目を真ん丸にしながら私を見て、それから、少しきまずそうに目を伏せた。

「そか……頑張ったね」

「うん。ありがと」

再び、沈黙。

丘の上の公園へとつながる、坂道に差し掛かった。

「なんか……思ったより、さっぱりしてるね？」

あさみが下手くそな笑顔で私に訊く。

「うん。さっぱりした気持ちだからね」

私の返事に、あさみは「ふぅーん……」と若干震えた声で返事をして、また気まずそうに黙りこくってしまう。

彼女があまりに落ち着かない様子だから、もしかしたら私はもっと悲しそうにしていたほうがいいのでは？　と思わないでもない。けれど……それはあまりにも嘘になってしまうので、やはり自然体でいることにする。

ちょっときつい坂を二人並んで上っていると、互いの息遣いがよく聞こえた。風で草木がカサカサと鳴る音と、足音と、それから、私たちの呼吸の音。それらがやけに大きく聞こえて、無言なのも悪くないなぁと思った。

坂を上り切ると、あの頃と何も変わっていない高台公園にたどり着いた。坂道の途中では木々に囲まれていたところから、公園に着いた途端にワッと視界が開けるのが、好きだった。

私はいそいそと芝生まで歩いていき、その場でごろんと寝転がる。

「あー！　そんなオシャレな服で芝生に寝転がって！」

あさみが大慌てで寄ってくる。久々に素のあさみの声が聞けて、少し嬉しくなった。

「いいのいいの。今、寝っ転がりたい！　って気持ちの方が大事だし」

私が言うと、あさみも「そっか」と頷いて、当たり前のように私の横にごろんと寝転がる。

二人で星空を見上げると、あの頃を思い出して懐かしい気持ちになる。彼女と二人で、心の深いところにある感情について話すのは、いつもここだったなぁと思う。

「あーあ！」

私が大きな声を出すと、あさみの視線が私の横顔に向くのが分かった。

「終わっちゃったなぁ……私の恋」

「沙優《さゆ》ちゃん……」

「でも、こうなること、分かってたからさ。思ってたよりもスッキリしてるんだ」

嘘じゃない。今、私の心は言葉通り〝スッキリ〟していた。

つらくないわけじゃない。私が北海道でどれだけ吉田さんのことを考えていたか、私以外は知る由もないだろう。学校に行ってクラスメイトの男子と話している時も、頭の片隅には吉田さんの顔が思い浮かんでいた。一年遅れた受験を頑張れたのも、もちろん夢のためでもあったけれど、やっぱり吉田さんにもう一度会いたかったところが大きい。恋愛映画を見て、ちょっとえっちな描写があったりすると、吉田さんにキスされたり抱かれたりすることを想像してドキドキしたりもした。私は好きな人とそういうことをしたことがないから。そもそも人に恋愛感情を抱いたのも吉田さんが初めてだし……あれ、ちょっと悲しくなってきたかも。

とにかく、私は北海道にいる間に、吉田さんの家にいた頃よりも、彼に対する想いを膨らませていた。けれど……同じくらい、長い時間をかけて、私は覚悟していたんだ。

吉田さんは、後藤《ごとう》さんのことが好きだと知っていた。そして、一度誰かを好きになった彼が、他の人に気持ちを移すことなどないことも分かっていた。彼のそういうところが好きになったとも思えるから。

だから私は……きっと、〝清算〟しに来たのだと思う。

「その、さ……別に、ウチの前で強がる必要は……ないからね？　無理しないでさ……」

ひかえめに、あさみが言うので、私はついくすりと笑ってしまう。

「泣いてもいいって？」

「泣きたかったらね」

「泣かないよ。つらいけど……悲しいことじゃないから」

私の言葉に、あさみは驚いたように口を半開きにした。

「吉田さんは私のこと助けてくれて、変えてくれて……そんな彼に、憧《あこが》れた。恋なんて、初めてだった。でもね……それはさ、全部私の都合だから」

私がそう言うのに、あさみは反論するような口調で言った。

「そりゃ、恋なんてみんなそうでしょ。誰かに許可を得て好きになったりしない」

「うん。そうだよね……でも、私が東京で出会った人たちは……みんな〝大人〟な人ばっかりだったから」

私はそう言って、目を細める。〝大人な人〟と口にしたとき、本当に、たくさんの人の顔が思い浮かんだ。

「だから……あの人たちにも、もっと子供みたいに……自分の欲しいものだけに手を伸ばしてほしいんだ。それで幸せになれるなら、迷わずにそれを摑《つか》み取ってほしい」

「沙優ちゃんは……それでいいわけ？」

「うん……だって」

私はそこで言葉を区切ってから、嚙《か》み締《し》めながら、答える。

「私を変えてくれた人たちだから。あの人たちが変えてくれたから、私、気付けたの」

「何に？」

あさみは平坦《へいたん》な声色で私に訊く。こういう時のあさみは、本当に聞き上手だ。

軽く頷《うなず》いて、私は答える。

「欲しがることは、失うことと隣り合わせなんだってこと。私、小さいころからずっと、欲しがらないようにしてた。お母さんから期待されてないことを知って、だからせめて、失望されないようにしてた。でも、高校で、ようやく〝友達〟と出会って……そこで、初めて、欲しがっちゃったの。欲しがって、失って。そこで、自分が失い続けてることに気付いた。そうしたら、失うのが怖くなった。本当は、もっと欲しいものがいっぱいあったのに、手に入れる前から、失うほうを怖がった。そして、転がり落ちていった」

私の横顔に、あさみの視線が注がれている。そっちを見なくても、切ない表情を浮かべているのは手に取るように分かった。

「そんな私を、吉田さんが……その周りにいた人たちが、変えてくれたんだ。もっと欲しがっていいんだ、って、教えてくれた。失ってきたものの先に、本当に欲しいものがあるのかもしれないと思わせてくれた。欲しがっていいし、失ってもいい、って、ようやくそう思えた。だから……」

目を閉じて、ゆっくりと呼吸をする。やっぱり、私の中には、強く、この思いがあると分かる。思いが、その形どおり、言葉に換わっていく。

「そう気付かせてくれた人たちにも、そうなってほしい。そしたら私……きっと、何も後悔せずに、先に進めるんだ」

私がそう言い切ると、あさみは「はぁ～」とため息をついた。今度は私があさみの横顔を見る。あさみは星空を眺めながら苦笑していた。

「沙優ちゃんさぁ……強くなりすぎだよ。普通、失恋した後にそんなに落ち着いてられないって」

「だから、覚悟してたんだって。それだけのことだよ。それにさ、そう言うあさみだってさ……」

もう、そろそろいいだろう、と思った。ちょっぴりの意地悪な気持ちと、あさみの心も引き出してあげたいという気持ちが半々。

　あさみが慌てたように私の方を見る。

「えっ、何？」

「んー？　あさみだってさぁ」

「タンマ！　それ以上言うのナシ！」

「んふふ……随分私に対して〝大人ぶって〟くれたんじゃないの？」

私の言わんとすることをくみ取って、あさみは目を吊《つ》り上《あ》げた。

「もー！　性格悪っ」

「嫌い？」

「好き」

私がくすくすと笑うのに、あさみは苦々しい表情をしつつも失笑した。私はもう一度、はっきりと訊いた。

「あさみも、良かったわけ？　伝えなくて」

「……いいんだよ。正直、ウチもよく分かってない。今まで恋したことなんてなかったし」

「……ほんとに？」

「いいったらいいの！　ちょっと複雑な気もするけど、自分のことよりも、沙優ちゃんがフラれたことの方が断然ショックだもん」

「優しいんだ～」

「もう、そんなことより！　これからどうすんの？」

あさみが話題を逸らすようにそう言った。そして、秘密の話をするように、私にぴたりと身体《からだ》を寄せて、声を潜める。

「将来のこと……！　沙優ちゃんがこれから何するのかめっちゃ気になるし」

「うーん……そうだなぁ」

将来の仕事は、もう決めている。なれるかどうかはまだ全然分からないけれど、すでに、そのための準備を始めたところだ。

「秘密、かな」

「えー！　なんでよ！」

星が瞬く星の下で、私たちは、ワクワクしながら身を寄せ合って、未来の話をする。

こうして未来の話を、ワクワクしながら話せるようになったのは、すべて、吉田さんとあさみを含めた、東京の人たち、そして、兄と……母のおかげだと沙優は思った。

恋は終わってしまったけれど、一つ失って、また新しいものを欲しがることができる。吉田さんがいつか言ったように……生きてゆけば、新しく誰かを好きになることもあるのかもしれない。今はまったく想像がつかないけれど、きっと、そういうことも、あるのだろう。

もしそうであったとしても……私は、仕事に就いて、立派に一人立ちした自分を、もう一度吉田さんに見てほしいと思うだろう。

私にとって、吉田さんは……恩人であり、親のような人でもあり……そして、初恋の相手だった。数年経てば、また自分にとって別の意味を持つ人になっているのかもしれない。それはきっと吉田さんにとっても同じことで……そうやって、人と人との歴史ができていく。

私は、未来に向かって、進んでいる。だから……泣くことなどない。

胸は切なく痛んでいるのに、その中に、同じくらいの充実感があった。

その感覚はとても不思議で、私はひたすら、あさみと会話をしながら、笑っていた。

エピローグ　――プロローグ――

「でさぁ、今度は『ほんとに結婚できるのかな。していいのかな』って、そればっかよ。マァジで、あれで惚気《のろけ》てるつもりないんだよ？　本気で不安です、って顔してんの。やってらんないよホントに」

「先輩こそ、最近後藤《ごとう》さんの愚痴ばっかで私がやってらんないですよ。実は付き合ってたりします？　やめてくださいよ、社内不倫とか」

「冗談やめてよ。仮に両方イケるクチだとしてもあの女だけはイヤ」

「ふっ」

「わ、性格悪い笑い方した」

金曜日、会社を退勤してそのまま神田《かんだ》さんと居酒屋に来た。すっかり、彼女と飲むのは定期的な催しとなっているし、この時間を私はかなり気に入っている。

神田さんは現在、吉田《よしだ》センパイの管理していた案件を一つ引き継ぐ形でリーダーとなり、それなりに忙しそうだ。

私はといえば、新たに立ち上がった完全新規プロジェクトの監督役——つまり、プロジェクトリーダーからの相談を受ける役——になった上、他のプロジェクトのリーダーも兼任している。真面目に働くようになったここ数年で、私にも会社での役割が随分増えた。案外、私は優秀なのかもしれない。

「はーあ、中学生みたいな恋愛長い事やってたと思ったら、結ばれたらトントンで同棲《どうせい》決まって、さらには婚約だよ。ったく」

「羨《うらや》ましいですね？」

「ホントだよ。ってか三島《みしま》ちゃんも他人事《ひとごと》みたいな顔してるけど、悔しくないわけ？」

「私がフラれてからどんだけ経ってると思ってるんですか。もう吹っ切れましたよ」

「新しい恋は？」

唐突に訊《き》かれて、私はハイボールのグラスをあおる。最近はどうも、甘い味のお酒よりもハイボールの方が好きになってきてしまった。よく一緒に飲む同僚のウィスキー好きがうつったのかもしれない。

「ないですね」

「でもなんか年下の男の子に懐かれてるんじゃなかったっけ。ほら、カフェで会った？

映画好きの？」

　言われて、思わず苦笑する。

　吉田センパイにフラれた直後にたまたま出会った青年。結局吉田センパイとの恋愛が続こうが終わろうが私の〝最寄り映画館〟が吉田センパイの最寄り駅にあることは変わらないので、映画を観に行くときはあの場所に行くことになったのだけれど。一人で映画を観に行った後に、例のカフェで余韻に浸っていたところ、またあの青年と再会したのだった。しかも、ちょうど同じ映画を観た後だったという。

　映画の感想を話し合い、連絡先を訊かれて交換してからは、ちょくちょく一緒に映画を観に行ったりしている。ただ……現状、彼を恋愛対象として見てはいなかった。

「言葉通り、懐かれてるだけですよ。年下はちょっと……なんというか、恋愛の相手としては見られないというか」

「うわ……吉田みたいなこと言うじゃん」

「一緒にしないでくださいよ!!　歳の離れ方が全然違うでしょ!!」

　私が嚙みつくように言うのに、神田さんは可笑《おか》しそうにけらけらと笑った。神田さんの豪快な笑い方は、かなり好きだ。こちらまで楽しくなる。

　思えば、私と彼女の関係も不思議だ。

吉田センパイのことが好きになって、後藤さんも、後から会社に現れて吉田センパイと妙に馴《な》れ馴れしくしていた神田さんのことも敵視していたはずだったのに。

あれよあれよという間に時間が過ぎ、その過程で、私は吉田センパイにフラれ、後藤さんの恋愛に巻き込まれ、気が付けば後藤さんとも神田さんとも仲良くなっていた。最初は後藤さんと神田さんと私の三人での飲み会が多かったけれど、だんだんと神田さんとサシで飲むことも増えた。まあその理由は……後藤さんが吉田センパイとくっついて誘いづらいからなのだが。

何もかも、吉田センパイに恋をしていた時点では想像のつかなかったことだ。

そして……私の中の吉田センパイに対する感情にも、ゆるやかに、変化があった。

「ヘンな感じですねぇ」

私はしみじみと零《こぼ》す。

「なにが」

「いや～……フフれて、時間が経つと、吉田センパイのムカつくとこばっかり目につくんですよ。いや、好きだった頃からムカついてたけど」

私が言うのに、神田さんはフッと失笑してから頷《うなず》いた。

「そういうもんじゃない？」

「なーんであんな人のこと好きだったんだろう、って、時々思うんですよね。でも……あの時、あの人のことを好きだった時のドキドキした気持ちも、未だに、鮮明に思い出せるんですよ。不思議だなぁって」

「……分かるよ」

神田さんも、どこかしんみりした様子で言う。

「もしあたしに今後好きな男ができて、その人を本気で愛して、結婚したとしても……それでも、いつか、ふとしたタイミングで、思い出すこともあるんだろうね」

彼女の言葉に、私も神妙に頷く。

今は、仕事のことで手いっぱいだ。出会いもないし、神田さんの言う『年下の青年』も、恋愛対象としては考えられない。今後そうなっていく予感も、正直、ない。

しかしもし、今後誰かのことを好きになって、その人と結ばれたとして……過去の恋をすべて忘れ去ることができるのかと自らに問うてみても……答えはＮＯだと思った。

歩いてきた道は、明確に心に刻まれている。私は、望んで……深く足跡を残した。そのことに、誇りを持っている。

「ま、その時は笑ってやりますよ」

私が言うと、神田さんは小首を傾《かし》げた。

「なにを」

「吉田センパイに、吉田センパイに恋した私を。どうだ、幸せになったぞ、って」

私がニッと笑ってそう言うと、神田さんは数秒きょとんとしたのちに、噴き出した。

「そりゃ、いいね。あたしもそうしよ」

「そうしましょう」

二人でくすくすと笑い合って、示し合わせたように、酒をぐい、とあおった。

「あーあ、結婚式、やんのかなぁ。やんないでほしいな。出席したくないし」

「あはは、最悪ですよ、言ってること」

日常は続く。そこに確かにあった感情を、置き去りにして。

けれど、〝そこにあった〟という事実を、心のどこかに残せたのなら、それだけでいいのかもしれない。そう思った。


「今ね、インターンシップに行ってるの」

隣でブランコを漕《こ》ぎながら、沙優《さゆ》が突然言った。

「えっ……インターン？　お前まだ大学一年生だよな？」

「うん。募集があったから、無理を承知で突撃してみたら、熱意を買ってくれたみたい」

「……すごいな、沙優は」

「えへへ、そうでしょ」

嬉《うれ》しそうに笑いながら、沙優はブランコを漕ぎ続ける。

相変わらず、沙優は自分の夢については俺に話してくれない。

しかし、たまに「会いたい」と連絡を寄越してきては、肝心なところはぼかしながらも、夢に向かって進んでいる過程だけは教えてくれるので……今はそれでいいと思っている。

それを聞けるだけで、沙優からそういう話を聞く時間が、俺はたまらなく好きだ。

「あさみも、小説大賞、応募したらしいよ」

「ああ、俺も聞いた。受賞できるといいな」

「できるよ、あさみなら。作りたい、って思うだけじゃなくて、実際に沢山作ってきたし、そのための努力も続けてるから」

「ああ……そうだな」

完成したあさみの小説を読んだ時の感動は、未だに覚えている。

そして……努力をしているという点では、沙優も同じだ。

「何を目指してるのかは知らないけど……きっと、沙優ならできる」

俺がぽつりと言うと、沙優は驚いたようにこちらを見た。

「業種も言ってないのに！」

「関係ない。何をするにしても沙優ならできるって俺は思うよ。……自分の人生を立て直して、未来のために一歩一歩進んでるのを、俺はずっと見てたから」

俺が噛《か》み締《し》めるようにそう言うのに、沙優ははにかみ笑いで返した。

「そっか……そう言ってくれるの、すごく嬉しい」

沙優は、乗り越えてきた。一度は逃げ出したけれど、そこから、もう一度立ち上がるための勇気を振り絞り……今度こそ、未来に向けて歩みを進めているのだ。

彼女が、自発的に未来の話をしていることが、本当に嬉しい。

「私は学歴がビミョーだから。正直、普通に大学に通って、就職活動して……っていう流れで、行きたい業界に行くのは難しい気がしてる」

沙優はのんきな様子でブランコを漕いでいるが、その口から飛び出してくるのはシビアな言葉だった。

「だから、インターンか」

「そ！　ほとんどバイトみたいなものだけど、とにかく希望業種に潜り込めただけでも大きな一歩。このままその仕事のこと深く知って、インターンでの経験を武器にしたいと思ってる」

「きっとできる」

「あはは、そればっか」

「そうとしか思えないからな」

俺の言葉を茶化す沙優だったが、こちらが「冗談ではないよ」という姿勢を崩さずにいると、照れたように笑う。

「……うん、ありがと」

こそばゆそうにそう言って、ザザ、と砂利に足裏をつけて、ブランコを止めた。

「吉田さんは？」

「ん？」

「今後、どうする予定なの？」

「……んー、これといった予定はないな。仕事をして、生きる」

「えー、それだけ？」

沙優は唇を尖《とが》らせて不満そうな顔をする。そんな顔をされても、俺はそれ以外の答えは持ち合わせていない。仮に沙優が俺の恋人との〝これから〟について訊いているのだとしても……それは、俺がここで一人で答えを出すようなことではないのだ。

「そういう人間なんだよ、俺は。でも、そうだな……」

俺は空を見上げて……少しの間、考える。

それから、シンプルな言葉を見つけて、沙優の方に向き直った。

「……一番大事なことだけは、決めたよ」

俺がそう言うのを聞いて、沙優は嬉しそうに、笑った。

「……そっか」

「ああ。……本当に、時間がかかったけどな」

「そうだね。お互い、時間、かかったね」

「お前が変えてくれた」

「うん、知ってる。私も、吉田さんが変えてくれた」

沙優はブランコから立ち上がり、俺の前に立った。

「前にも言ったけど……もう一回だけ、言うね？」

「うん？」

沙優は……にへら、と笑って、口ずさむように、言った。

「出会えて、良かった」

瞳《ひとみ》の奥が熱くなるのを感じる。俺はそれをぐっとこらえて、頷く。

「ああ……俺もだ。お前に会えて良かった」

沙優はこそばゆそうに身体をもじもじとさせたかと思えば、パッと両手を開いて、言う。

「しあわせになってね」

「ああ、お前も」

「もちろん、言われなくても！」

彼女は軽快な足取りでブランコを離れ、公園の出口まで走る。そして、俺の方を振り向いて、手を振った。

「それじゃ、またね！」

またね、という言葉に、俺はなんとも懐かしい感覚を得る。

「またな」

俺が手を振り返すと、沙優はピンと背筋を伸ばして歩いていく。

俺は、その背中が見えなくなるまで見つめていた。

「ああ………」

こらえていた涙が、目から零《こぼ》れる。どうも、歳を食ったからなのか、涙もろくなって良くない。

もう、大丈夫。沙優に、俺は必要ない。

沙優の後ろ姿を見て、何故か、彼女が無事北海道に帰った時よりも、強くそう思った。

そして……そのことが、信じられないほどに、嬉しかった。

なんとなく生きていた俺の前に沙優が現れてから、目まぐるしく、世界が変化しているような気がしていた。世界の変化に合わせて、自分も変わっていっているような、そんな気が。

けれど……結局、俺が一人で変化したわけじゃない。人との関わりによって、少しずつ変わっていった。

そして、その中でも一番大きく俺を変えてくれたのは、きっと、沙優だった。

どれだけ時間が経っても、この出会いを忘れることはない。

きっと……何度も、あの日々に立ち返る時が来る。いつまでも変われなかった自分が、変わるきっかけになった、あの日々のことを。同じようなことが起こるたび、同じような決断を迫られるたび。あるいは、特に何でもない時にも、思い出すかもしれない。

それぞれが歴史を積み重ね、いつか、少しの間だけ一緒に歩いたあの時のことを思い出す日が来るのなら……それは多分、とても、素敵なことだ。

「……さて、行くか」

小さく呟《つぶや》いて、俺はブランコから立ち上がり、ゆっくりと公園を出る。

ふと、沙優の歩いて行った方向を見る。道の先には、誰もいなかった。

ふっ、と一人微笑《ほほえ》んで、自宅への道を歩き出す。

感慨深い気持ちに浸りながら道を歩いていると、すぐに、俺のアパートの前までたどり着いた。

アパートの前には、ハイエースが停まっている。そして、運転席には橋本《はしもと》が。

俺が歩いてきたのに気付き、窓から橋本が頭を出す。

「用事、終わったのー？」

「ああ、終わった。待たせて悪いな」

「いや、まあ今日は一日吉田のためにあけてるからいいんだけどさ。それより、後藤さん、上で待ってるよ」

橋本がそう言うのに俺は頷《うなず》く。

「ちょっと待っててくれ。一緒に降りてくるから」

「おっけー」

橋本は頭を窓から引っ込めて、手に持っていたスマホに視線を落とした。

アパートの階段を軽い駆け足で上る。

俺の部屋がある階まで行くと、廊下の塀に寄りかかりながら愛依梨《あいり》が俺にひらひらと手を振った。

「おかえり。もうちょっとゆっくり話してきても良かったのよ？」

「いや、まあ、いつもあいつとの話はすぐ済むんだよ。今何を頑張ってるのか、教えてもらって、終わり」

「そっか。元気そうだった？」

「ああ、前向きに頑張ってた」

「良かった」

「それより、中で待ってても良かったのに」

俺が言うと、愛依梨はむっ、と唇を突き出してみせた。

「中も外も大して変わんないわよ。もう全部積み込んだんだし」

「それもそうか。ありがとな」

「ほとんど橋本君がやってくれた。後でちゃんとお礼言っといてね」

「ああ」

引っ越しの準備があらかた終わり、あと数個段ボールを積み込むだけ……という段階になって、沙優から連絡があったので、一旦《いったん》橋本と愛依梨に任せて公園に向かったのだった。

残りの積み込みは済ませてくれていたらしい。

部屋の扉をしばらく見つめて……俺は愛依梨に向き直る。

「悪いんだけど、もう数分待っててくれないか？」

俺の様子を見て察していた部分があったのか、愛依梨は「仕方ないなぁ」というふうな表情で笑って、頷いた。

「どうぞ、ごゆっくり」

「ありがとう。すぐ済むから」

俺はそそくさと玄関を開け、部屋の中に入る。

そして……ハッ、と、息を吸いこんだ。

本当に……何も、なくなっている。この部屋は、こんなに広かっただろうか。

靴を脱いで、ゆっくりと短い廊下を歩く。キッチンを眺め、トイレのドアを開けてみて、居室の手前にある洗面所に入り、意味もなく風呂場《ふろば》の扉を開けて中を見て……。

それから、何もなくなった居室の真ん中に、あぐらをかいて座った。

社会人になってから、ずっと、この部屋で過ごしてきた。

仕事に没頭して、ほとんど〝寝るため〟だけに帰って来ていた五年間も。

沙優と出会い、彼女と過ごした半年間も。

沙優が去り、また一人になり……ようやく自分の人生を見つめ直した二年間も。

あっという間だったというのに、思い返すと、とてつもなく膨大な時間の流れのように感じられた。

ずっと……ここにいた。

そして、今日……また、どこかへ、行くのだ。

おもむろに立ち上がって、俺は姿勢を正し……頭を下げた。

「お世話になりました」

頭を上げて、深呼吸をして。

「……よし」

俺はドタドタと足音を立てながら廊下を歩き、さっさと靴を履いた。

扉を開けると、だらんと愛依梨が廊下の柵《さく》にもたれかかっていた。扉が開いた瞬間に慌てて姿勢を正すもんだから、俺は思わず笑ってしまう。

「思ったより早かったか？」

「え、ええ……。じっくり思い出に耽《ふけ》るのかと……」

恥ずかしそうにそう答える愛依梨。付き合ってそれなりに経っても、だらしないところを見られるのは嫌らしい。

「もう済んだ。早く新居に行きたい」

「そうね、楽しみ」

　愛依梨が無邪気に笑う。

「やっと一緒に住める」

「楽しみだ」

　俺は頷いて、ポケットから扉の鍵《かぎ》を取り出した。

　しばらくそれを見つめて、手触りを確かめるように、親指で表面を撫《な》でた。

　ここを出て、新たな場所へ行く。

　きっとまた予想もできないことが起こって、あたふたすることになるのだろう。新しく誰かと出会って、関わり方に悩むこともあるだろう。

　けれど……不安はない。

　何か起これば、誰かと出会えば。必ず自分の何かが変化する。そしてその変化が、何かを変え、誰かを変える。

　人生というのは、なんとなく、そういうことの連続なのだろうと思う。この部屋に住んでいた長い時間が、教えてくれた。

　鍵を扉に差し込むと、ぞりぞりと、金属同士の抵抗を手に感じた。

　ゆっくりと鍵を回すと、腕に心地よい衝撃が伝わってきて、「カチャリ」と音が鳴る。

その音は……やけにはっきりと、耳に残った。

(了)

あとがき

昔から、ひとに対して「言ってることとやってることが違うじゃないか」と思うことが多い人間でした。

そして、同じように、親から「言ってることとやってることが違う」と怒られてもいました。実際、私はかなり言ってることとやってることが違う人間でした。それも、その自覚もなく、です。

ある程度成長し、専門学校へ通うようになると、グループ課題などで、やると言ったことをまったくやらない人が続出し困ったりしましたが……多分、「やるよ」と言ったその時には、本人は本当にやる気でいたんだろうな、と、思うようになりました。

今では、「言ってることとやってることが違うのが人間なんだなぁ」と思っています。

吉田《よしだ》も、後藤《ごとう》も、言ってることとやってることを無茶に統一しようとして、その行動と自分の心の間に生まれる矛盾に苦しんだ人間です。そんな二人の恋愛はとても不器用で、正直に言うと、私はかなりうんざりしながら書きました。面白い物語を紡いでいる、というよりは、思い通りに動いてくれない二人を眺めているような感覚だったからです。それはとても不思議な感覚で、最後どのようにこの物語が終わるのかという点についても、編集さんと何度も――本当に、何度も、何度も、長時間――打ち合わせをしたにもかかわらず、かなりフワッとしたまま執筆作業に入ることになりました。何度も、〝この物語は面白いのだろうか〟と思いながら、苦しい気持ちになりました。

しかし……今では、それで良かったように思えます。

本編五巻で吉田と沙優《さゆ》の物語が終わったように。三島《みしま》外伝で三島の恋が終わったように。吉田と後藤の恋も、きちんと決着をつけてやりたかったのです。

そのためには、〝物語として面白いかどうか〟よりも、〝これが二人の結論であるのか〟を優先してやるほうがよほど大事でした。そして、不思議と、それを突き詰めた先に、面白い物語があったような気がします。

おそらく、私が吉田の物語を描くのはこれが最後になりますが……彼は、私にとって本当に鬱陶《うっとう》しく、大嫌いで、共感できない人間だと今でも思っています。けれど、それでも、さまざまな出会いを経て、そして、これからの出会いの中で、自分の人生を切り拓いていってほしいと思います。

私が吉田をはじめ、この物語に登場するキャラクターたちに出会い、たくさんのことを考えさせられたのと同じように……読者の皆様も、吉田たちからなにがしかの刺激を受けていただけたら、これ以上に嬉《うれ》しいことはありません。

ここからは謝辞となります。

度重なる打ち合わせに加え……いつも以上に時間のかかってしまった制作に辛抱強く付き合ってくださったK編集、本当にありがとうございました。あなたの助けがなければ、本当に、下巻は完成しなかったと思っています。

お忙しい中イラストを担当してくださったぶーたさん、ありがとうございました。ぶーたさんのイラストーがあったからこその当シリーズです。最後までイラストをつけていただけたことに、心からの幸福を覚えています。

そして、きっと私よりも真剣に本文を読んでくださった校正さん――校正期間が相当タイトになってしまい申し訳ありませんでした――。その他この本の出版にかかわってくださったすべての方々に、心よりお礼を申し上げます。ありがとうございました。

最後に、後藤編下巻まで手に取ってくださった読者の皆様。本当に、ありがとうございました。彼らの決断について、たくさんの想いがあると思いますが……それらすべてが、私にとっての宝物になります。皆様にとってもそうであったなら、とても嬉しいです。
最後まで当作品にお付き合いいただき、本当にありがとうございました！

それでは、またどこかでお会いしましょう。

しめさば

ひげを剃《そ》る。そして女子高生《じょしこうせい》を拾《ひろ》う。Another《アナザー》 side《サイド》 story《ストーリー》 後藤愛依梨《ごとうあいり》 下

著　しめさば

角川スニーカー文庫　23440

2023年９月１日　初版発行

発行者　山下直久

発　行　株式会社KADOKAWA
〒102-8177 東京都千代田区富士見2-13-3
電話　0570-002-301（ナビダイヤル）

印刷所　株式会社暁印刷

製本所　本間製本株式会社

◇◇◇

Printed in Japan　ISBN 978-4-04-112787-2　C0193

★ご意見、ご感想をお送りください★
〒102-8177 東京都千代田区富士見 2-13-3
株式会社KADOKAWA　角川スニーカー文庫編集部気付
「しめさば」先生「ぶーた」先生

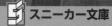

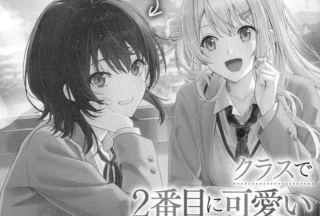

みょん Illust.ぎうにう
男嫌いな美人姉妹を
名前も告げずに助けたら
一体どうなる？
1巻
発売後
即重版！
早く私たちに
溺れればいいのに
――濃密すぎる純情ラブコメ開幕。
学年一の美人姉妹を正体を隠して助けただけなのに「あなたに隷属したい」「君の遺伝子頂戴?」……どうしてこうなったんだ？　でも“男嫌い”なはずの姉妹が俺だけに向ける愛は身を委ねたくなるほどに甘く――!?
スニーカー文庫

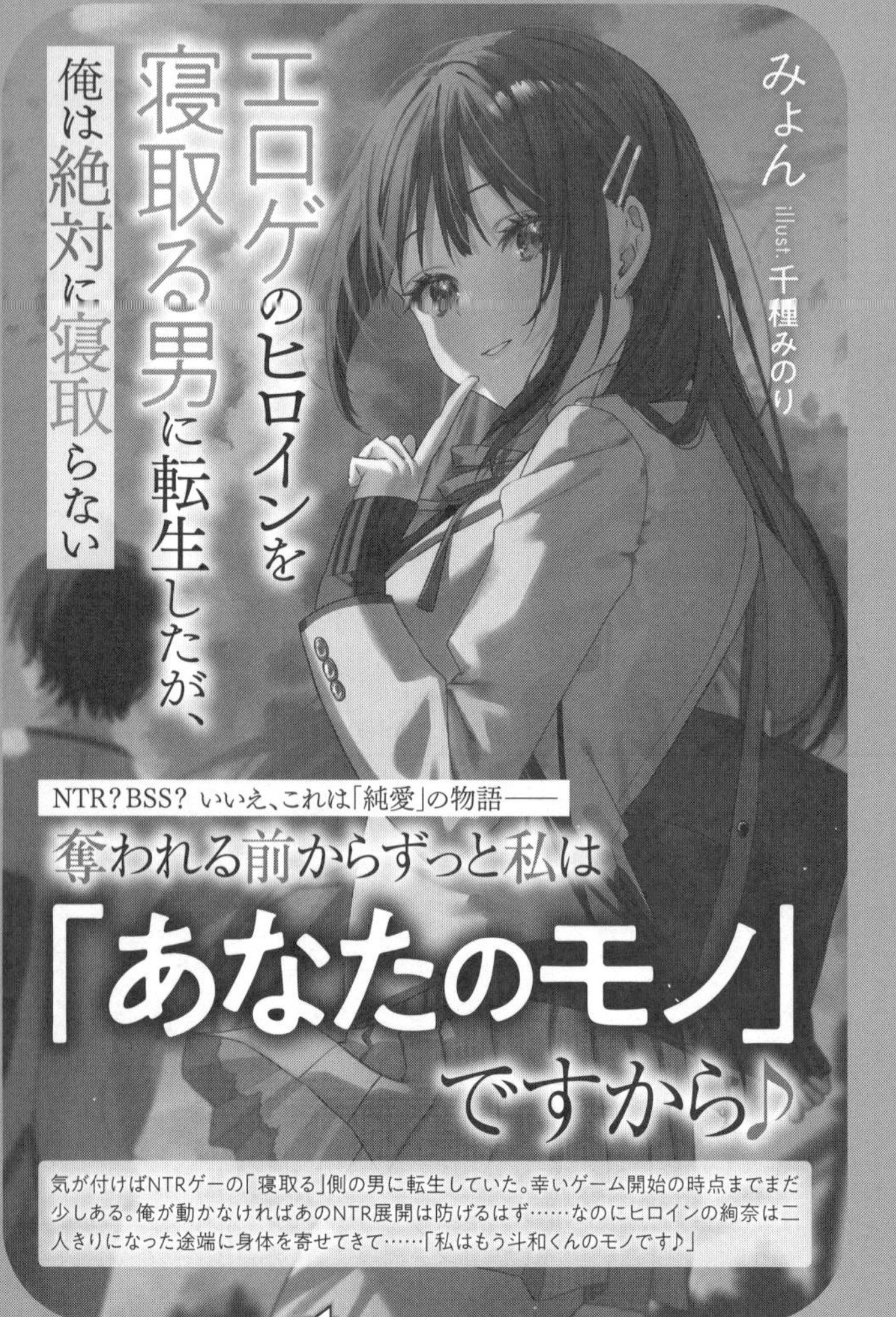

エロゲのヒロインを寝取る男に転生したが、
俺は絶対に寝取らない
みょん
illust. 千種みのり
NTR？BSS？ いいえ、これは「純愛」の物語——
奪われる前からずっと私は
「あなたのモノ」
ですから♪
気が付けばNTRゲーの「寝取る」側の男に転生していた。幸いゲーム開始の時点までまだ少しある。俺が動かなければあのNTR展開は防げるはず……なのにヒロインの絢奈は二人きりになった途端に身体を寄せてきて……「私はもう斗和くんのモノです♪」

第29回
スニーカー大賞
作品募集中!
大賞 300万円
+コミカライズ確約
金賞 100万円
銀賞 50万円
特別賞 10万円
君の紡ぐ物語で
世界を変えよう。
締切必達!
前期締切
2023年3月末日
後期締切
2023年9月末日
詳細は
ザスニWEBへ
https://kdq.jp/s-award
イラスト/左